MOURIR POUR ESMERALD

Fabien MALBEC

Fabien signe là son deuxième roman.

Amoureux fervent de la Floride il y situe l'intrigue de sa nouvelle aventure.

Un thriller où le héros se cogne contre les murs et finit par laisser tomber alors qu'il est passé très près de tout comprendre.

CHAPITRE 1

Début d'automne

Jeudi 9h30

Victor ouvrit lentement les rideaux de sa chambre. En dépit du manque de soleil, il plissa les yeux sous l'effet de la lumière. Comme chaque matin, il resta un bon moment à contempler la mer. La marée basse de la fin de nuit avait laissé un gigantesque manteau d'algues brunes sur le sable et les rochers.

Les oiseaux étaient déjà à pied d'œuvre sur l'estran pour chercher avec application leur nourriture du jour. Une légère brume de mer s'effilochait petit à petit sous l'effet d'une brise d'est venue de la terre et l'eau était encore parfaitement calme.

D'ici une heure tout au plus, le soleil serait au rendez-vous et le vent tournerait avec. Une vraie récompense après des jours de pluie et de vent d'ouest sans beaucoup de moments calmes. Les deux derniers jours, Victor n'avait même pas tenté de marcher à l'extérieur tant la tempête était forte et la pluie lourde et pénétrante.

Ces sautes d'humeur météorologiques n'empêchaient pas Victor d'apprécier énormément le calme de sa maison au bord de l'eau et plus particulièrement sa chambre et son bureau-bibliothèque situés tous deux dans une ancienne tour située sur une petite falaise à une vingtaine de mètres au-dessus du niveau de l'eau. Sa pièce « à vivre » au premier avec des fenêtres façon « atelier » légèrement en bow-window permettant de voir de l'est à l'ouest en passant par le nord. La chambre au second était accessible par un escalier en bois à deux volées.

Cet agencement original résultait de la réhabilitation d'un ancien pigeonnier ou d'un moulin, personne n'avait pu lui dire exactement car les archives de la commune et du notaire local n'avaient pas survécu à une inondation presque complète de l'Ile au début du 19ème siècle. Xynthia avant l'heure. Vue de la mer, cette construction réalisée en forme de vigie paraissait inexpugnable. Un vrai donjon version « moyen âge ».

Sa femme et lui avaient construit une maison moderne autour de la tour au fil des années. Gardée des vents d'ouest et nord-ouest dominants, une piscine lovée au milieu des différents bâtiments faisait de cette propriété un endroit unique et la plupart du temps paradisiaque,

Victor descendit de son perchoir pour préparer son petit déjeuner dans la cuisine. Un peu plus tard que d'habitude en vérité à cause d'une soirée interminable la veille, un match de foot avec tirs aux buts après prolongations qui s'était poursuivi avec les commentaires enflammés des consultants habituels…

Il avait joué au foot étant jeune et il s'amusait toujours beaucoup à écouter les différentes critiques, lui-même ayant un avis (éclairé bien sûr) sur le jeu et les joueurs. Chaque amateur de football en France (et probablement ailleurs) possède une relation très particulière avec ce sport et les journalistes ou anciens joueurs commentateurs rendent bien compte de cette situation en étant tour à tour supporters, joueurs, entraineurs et à l'occasion sélectionneur. Avec de temps à autre le zest de mauvaise foi permettant de mettre du piquant dans les débats.

Ces échanges sur le jeu et les joueurs le distrayaient et parmi d'autres occupations aussi peu intellectuelles peuplaient sa solitude actuelle.

Sortant d'une mission de réorganisation de deux ans au Royaume-Uni, il avait pu profiter de longues vacances avant une prochaine assignation. Probablement au Japon dans quelques semaines.

Il avait accumulé tellement de jours de congés passés au boulot que sa direction générale lui avait laissé « le temps qu'il faudrait » pour sortir de son problème en cours.

Enfin, compte tenu de ce qu'il venait de vivre, profiter n'était certainement le mot le mieux choisi !

Victor passa une main sur sa barbe naissante en attendant que le grille-pain ne lui restitue ses tartines. Il avait hâte maintenant de manger et de sortir marcher. Encore un peu engourdi par ce réveil tardif, il était loin d'imaginer que 30 heures plus tard, sa vie aurait définitivement basculé.

.....

Dès la descente sur la plage, Victor jetât le coup d'œil habituel vers l'est pour dire bonjour au soleil, un pâle soleil de fin d'été qui, comme lui, s'était fait attendre ce matin. Tous les jours depuis son retour des USA, il s'astreignait quand la météo le permettait à une grande marche journalière d'une bonne heure sur le sable, une marche thérapeutique en somme. Bon pour le physique bien sûr, bon pour la tête il espérait.

Il revivait inlassablement cette semaine terrible qui lui avait enlevé sa fille Juliette et son petit-fils Antoine. Depuis qu'il était revenu, il essayait de comprendre. Il n'oubliait pas un seul moment de ces jours incroyables. Une histoire de fous. Un scénario improbable dont en fait il avait parfois du mal à suivre le fil conducteur si tant est qu'il y en ait un.

Il imaginait sans cesse ce qu'il aurait pu ou dû faire pour infléchir le cours des évènements. Il se prêtait parfois à rêver à une issue différente, à une histoire qui finirait bien.

Dans sa jeunesse, Victor était un fan absolu de Napoléon Bonaparte et il avait lu un nombre incalculable d'articles et de livres sur son épopée et plus particulièrement sur Waterloo. Il avait souvent espéré de façon tout à fait irrationnelle que le cours des évènements ait pu être changé sous l'effet de sa seule volonté. Que Blücher n'arrive pas avant Grouchy.

Là, il refaisait la même chose. Un rêve qui ne servait à rien d'autre au final qu'à lui faire toujours un peu plus mal…

Toute une bande de bécasseaux suivait inlassablement le mouvement des vaguelettes à la recherche de nourriture. Ils avançaient quand la mer reculait et repartaient aussi vite quand une nouvelle vague déferlait. Ils évitaient aussi Victor au fur et à mesure où il avançait, allant se poser une centaine de mètres plus loin pour continuer leur manège. Ils revenaient sans jamais se décourager.

Peut-être à l'instar de ces oiseaux aurait-il dû rester là-bas ? A continuer à harceler la police locale et tous les acteurs encore accessibles.

Mais Victor n'avait plus le choix en fait, et il le savait très bien. Partir ou devoir affronter des questions difficiles auxquelles personne n'est jamais vraiment préparé. Avec un système judiciaire américain où le simple quidam « lambda » peut être inexorablement broyé. Ici, sur son ile, la partie lui semblait plus équilibrée même s'il craignait qu'un jour quelqu'un ne vienne lui demander des comptes.

La matinée était encore assez fraiche mais au final le soleil était bien présent. Victor arriva au point où il faisait demi-tour habituellement et où il prenait le soleil dans les yeux. Il mit ses lunettes de soleil.

Combien de fois avait-il rebroussé chemin avec tout ou partie de ses proches à ce même endroit ? Leur absence à tous lui pesait terriblement.

Il s'ébrouât et fit demi-tour. Aujourd'hui comme hier, il avait l'espoir que les choses allaient enfin bouger. Inaltérable optimiste ! Comme tous les jeudis, il avait prévu vers 14 heures heure française d'appeler Fred (pardon, le Capitaine Frederik Carson) chef de la police de Newell en Floride, afin de se rappeler à son bon souvenir, afin de lui mettre la pression, afin de voir où en était son dossier, afin d'entretenir l'espoir.

A force de se voir pendant des jours et des jours et selon la coutume américaine, c'était maintenant Fred et Victor ! Ce qui ne changeait strictement rien sur le fond. Victor ne comprenait toujours pas pourquoi Fred avec tout l'appareil policier américain n'avait pas encore de résultats et Fred devait sans doute trouver Victor irritant et insupportable au possible.

Probablement comme d'habitude lui répondra-t-il qu'il n'y avait rien de nouveau. Ou alors il ne l'aurait pas en direct comme les deux semaines passées. En vacances soi-disant.

…..

Le portable de Victor grelotta dans sa poche. Il prit l'appareil dans sa main gauche et découvrit avec étonnement le numéro du policier qui s'affichait sur l'écran ! Vu le décalage horaire et l'heure de l'appel, il était 4h15 du matin heure américaine. L'angoisse fut immédiate et totale.

L'adrénaline se déversa dans tout son corps, le tétanisant complètement. Il se passait quelque chose, forcément. Et compte tenu de l'heure, probablement pas du bon. Il balaya la plage vide du regard, cherchant inconsciemment de l'aide autour de lui de façon tout à fait irrationnelle.

Victor s'était arrêté de marcher et ses jambes s'enfonçaient insensiblement dans le sable humide sous l'effet des vaguelettes de la marée montante. Il laissa passer volontairement plusieurs sonneries et s'obligea à respirer plus calmement. Il était impatient de savoir mais en même temps, il craignait d'entendre le pire.

Après un grand moment, il appuya sur le bouton pour prendre l'appel.

Il approcha très près le téléphone de son oreille gauche. Comme un fumeur se tourne contre le vent pour éviter que la flamme de son briquet ne s'éteigne, il fit tout pour éviter le bruit du vent dans le micro.

- *Victor bonjour, c'est Fred, je vous dérange ?*

- *Pas du tout, que se passe-t-il ? Vous les avez retrouvés ? Ils vont bien ?*

- *J'ai besoin de vous parler* répondit Fred

- *…..*

- *J'ai besoin de vous parler* insista-t-il

- *OK, allez-y « nom de Dieu » ! Vous êtes en train de me parler maintenant. Allez-y, je vous écoute.*

- *Désolé Victor, je me suis mal exprimé. En fait, je souhaite vous voir.*

Victor laissa son bras retomber le long de son corps. Il se remit à marcher de façon machinale, comme un pantin.

C'a y est se dit-il. On y arrive. On ne donne pas de telles nouvelles au téléphone. Des nouvelles terribles.

Le bout du chemin.

La fin des rêves.

La fin de l'espoir.

La fin tout court.

Il avait juste envie de lancer son portable dans l'eau, le plus loin possible. Se débarrasser du messager pour effacer à jamais le contenu du message ! Il avait imaginé et craint ce moment. C'était sûr. Il n'y avait que lui pour croire encore à une issue favorable.

Ses yeux se remplirent de larmes. Cela faisait des semaines qu'il les avait retenues ses larmes, ne voulant pas céder au désespoir, à la défaite, à la mort. Sa fierté et sa force intérieure avaient tenu bon. Il s'était battu comme un lion. Au-delà même des moyens qu'un simple particulier pouvait mettre en œuvre dans ce type de situation.

Il avait sur place harcelé sans relâche la police et engagé pendant un temps au moment de son départ un enquêteur privé. Il y avait laissé une partie de ses économies. Aujourd'hui il craquait. Quel idiot. Qui pouvait croire qu'après près de deux mois, deux disparus recherchés par toute la police des USA pouvaient revenir sains et saufs ?

Victor regarda la mer qui allait et venait de façon imperturbable sur la plage. Sa vue brouillée par les larmes lui restituait comme un ballet inlassable et cruel, un spectacle froid parfaitement insensible à sa douleur.

Son téléphone se mit à sonner de nouveau, le tirant soudainement de son délire. Victor vit que c'était Fred qui le rappelait

- *Victor, vous m'entendez ? Nous avons été coupés je crois.*

- ....

- *Victor, vous êtes là ?*

- *Oui* réussit à dire tout doucement Victor la gorge nouée

- *J'ai besoin de vous voir*

- *Vous me l'avez déjà dit ! Vous les avez retrouvés ?*

- *Ce n'est pas pour cela que j'appelle. J'ai besoin de vous voir pour éclaircir quelques points.*

- *Mais il n'y a que leur sort qui m'intéresse* eu la force de crier Victor soudain en colère. *Si vous n'avez pas de nouvelles, pourquoi se voir ? Je n'ai pas envie de vous voir ! Je n'ai rien à faire de vos questions. Je vous ai déjà tout dit, et pas qu'une fois ! J'en ai soupé de vos questions. Allez au diable.*

Rageusement, il coupa le téléphone et se remit à marcher

Après quelques pas, Victor reprit ses esprits et il laissa retomber sa colère. Tout n'était peut-être pas fichu. Après tout, Fred faisait sans doute le maximum.

Le portable sonna à nouveau

- *Victor, vous m'entendez ?*

- *Oui*

- *Le dossier a sensiblement avancé et j'aimerai partager un instant avec vous.*

- *Mais pourquoi voulez-vous me voir ? S'il y a du nouveau allez-y, je vous écoute !*

Il se redressa et dans un mouvement réflexe essuya ses yeux avec son bras droit. Pas de mauvaises nouvelles égale bonnes nouvelles pensa-il furtivement. Mais qu'est-ce que ce « fouille merde » peut bien encore me vouloir !

- *Je veux vous voir en tête à tête*

- *Je ne suis pas sûr d'avoir envie de retourner en Floride tant que je n'aurais pas de nouvelles de mes enfants. Vraiment désolé. Je suis fatigué de toute cette attente. Je n'en peux plus. Dites ce que vous avez à dire qu'on en finisse.*

- *Je peux être chez vous dans l'après-midi*

- *Hein quoi, qu'est-ce que vous dites ?*

- *Je peux être chez vous dans quelques heures. Je suis en France.*

Victor regarda soudain son téléphone d'un air inquiet, comme si ce dernier pouvait répondre à son interrogation. Ou pouvait l'espionner, au choix. C'a y est pensa-t-il. Les moments difficiles vont arriver. Le moment de s'expliquer, de payer peut-être. Mais il allait se battre et ici en France, ce ne serait pas la même chanson !

- *Victor ? Toujours là ?*

- *Que venez-vous faire en France ? Je vous ai déjà dit que je n'ai pas envie de vous voir.*

- J'ai quelques points précis à partager avec vous

- Vous savez quand même que je ne suis intéressé que par mes enfants ? Je vous l'ai dit mille fois. Je n'ai plus envie de revenir sur toute cette histoire.

- Je sais Victor.

- Et d'abord, de quel droit voulez-vous m'interroger ? Il y a du nouveau ? Vous avez un mandat ?

- C'est tout à fait informel Victor. Je veux simplement vous voir un moment pour éclaircir quelques zones d'ombre.

- Je ne suis pas sûr d'avoir la même envie. Je suis même sûr du contraire

- C'est vous qui voyez, mais si vous voulez des informations….

Fred laissa volontairement sa phrase en suspens. Des informations ! Bien sûr qu'il en voulait des informations. Cela faisait des semaines qu'il attendait des informations.

Le poids qui lui pesait sur la poitrine depuis un moment s'allégea un peu.

Fred en France ? Il fallait vraiment un évènement inattendu pour qu'il quitte le confort de sa Floride natale. La curiosité fut plus forte.

- *OK, vous savez où j'habite. Vous connaissez mon adresse, vous allez trouver.*

Victor referma son portable d'un index ferme et pris la direction de sa maison. Je suis idiot pensa-t-il immédiatement, j'aurais dû lui demander s'il était seul ou accompagné. Trop tard, si je rappelle maintenant, il va se dire que j'ai quelque chose à cacher. Que je commence à paniquer.

Tout en marchant d'un pas vif le long des vagues, Il ne put s'empêcher de commencer à dérouler dans sa tête pour la millième fois le film de toute cette affaire.

CHAPITRE 2

Deux mois tôt au début de l'été

Mardi après-midi 15h30

« *Trois piques* ».

L'annonce de Victor fit l'objet d'une vraie déflagration. Une déflagration silencieuse en fait car dans le Bridge Club du Vanderbilt Village à Newell en Floride, l'ambiance était par définition feutrée et les annonces se faisaient encore à l'ancienne avec des cartons.

Toutefois, son voisin de gauche, Ronald, un américain au teint déjà bien rouge en temps normal sembla gonfler et se colorer encore sous le coup de l'émotion. Il regarda cet adversaire bizarre en dodelinant de la tête et se retint à grand peine d'exploser. Doté de la main qu'il jugeait la plus forte de la table, il ne comprenait pas du tout l'annonce faite.

Il risqua un œil vers son épouse en face qui manifestement ne comprenait pas plus que lui. Il termina son tour de table en jetant un regard à la partenaire de Victor, une habitante de leur village qu'il avait déjà croisé dans ce type de tournoi. Cette dernière le regarda d'un air neutre, d'autant plus neutre qu'elle ne savait pas non plus ce que ce « 3 piques » en ouverture pouvait bien réellement signifier.

« Contre »

Cette annonce d'un point de vue purement technique était la plus stupide qui soit car il suffisait aux adversaires de ne rien dire et ils pourraient ainsi jouer et peut-être gagner une manche à bon compte. A moins bien sûr que sa partenaire ne se sente obligée de dire quelque chose, ce qui était devenu pratiquement obligatoire sauf si elle avait un jeu blanc.

C'était stupide, mais cela fit beaucoup de bien à Ronald de marquer ainsi sa très forte réprobation du haut de ses 21 points, de ses 2 gros piques (As + Dame) et des deux as supplémentaires qui lui assureraient au minimum (du moins le pensait il) quatre levées gagnantes.

Ce contre indiquait une vraie colère, une colère soudaine et sincère, colère qui comme chacun le sait est parfois mauvaise conseillère.

Il esquissa un vague sourire vers ses voisins de table et son pouls monté au plus haut depuis quelques minutes commença à redescendre.

« Quatre piques »

Ann, la partenaire très occasionnelle de Victor aurait dû se taire et passer mais le jeu de ce Frenchy lui plaisait beaucoup et elle voulait vraiment lui faire plaisir. Elle n'avait pourtant que

3 petits piques mais elle avait aussi une très belle coupe franche à cœur. Elle se décida donc à le soutenir sans réserve.

Depuis un peu plus d'une heure, il leur avait fait gagner quelques mains que beaucoup d'autres auraient perdu. Et il ne lui avait jamais tenu rigueur des quelques approximations qu'elle avait pu faire dans ses annonces …

La femme de Ronald, sans doute soulagée de ne pas avoir à intervenir passa rapidement, Victor se garda bien d'en rajouter et notre américain rougeaud put enfin asséner un deuxième « contre », un contre punitif parfaitement rationnel cette fois ci, la manche étant déjà en jeu.

Nouveau tour de table où Ann et la femme de Ron passèrent. Victor eu un instant l'idée un peu saugrenue de surcontrer mais cette option aurait donné à son adversaire l'occasion d'enchérir à nouveau.

Avec le risque qu'il pense enfin à ce qu'il avait dans son jeu au lieu de se polariser sur ce que son adversaire n'avait pas. Les enchères se terminèrent donc à 4piques contrés pour Ann et Victor.

La suite fut une très longue galère pour Ronald et sa femme. As de cœur coupé d'entrée par le mort, carreau du mort coupé par Victor, coupes alternées ensuite jusqu'à plus soif. L'adversaire ne fit que 2 plis, à piques ! Et la paire Ann/Victor fit un énorme top parfaitement improbable avec 5 piques réussis contrés, les autres tables ayant toutes réalisé un 3 sans atouts sans grande difficulté dans l'autre ligne…

…..

Mardi 17h30

- « Ouaouh », *je n'aurais jamais imaginé ajouter mon nom sur le tableau des records du bridge club de Vanderbilt Village* s'étonna Ann en descendant les marches du City Hall, *nos deux noms pardon !*

- *Ce tournoi était vraiment sympa et tu as bien fait de demander à Jane s'ils connaissaient quelqu'un pour remplacer ta partenaire malade* répliqua Victor.

- *Tu restes longtemps à Newell ?*

- *Je ne sais pas encore, quelques jours. En fait, ma fille Juliette et mon petit-fils Antoine vont séjourner à Naples pendant une petite semaine.*

Ils habitent d'habitude à New York. Juliette m'a demandé de passer quelques jours pour l'aider. Ils arrivent demain par l'aéroport de Fort Myers et j'en saurai plus. En fait, je fais d'une pierre deux coups. J'en profite aussi pour passer du temps avec des amis très chers Jane et son mari Bruce que je connais depuis près de trente ans,

- Tu auras le temps de refaire un tournoi ?

- Pourquoi, tu veux battre le record que nous avons établi ? Ce sera surement difficile car nous avons eu beaucoup de réussite et ils vont nous attendre avec beaucoup de méfiance maintenant.

- Non, c'est juste que c'était vraiment très cool de jouer ensemble, j'ai passé un super moment. Il y a très longtemps que cela ne m'était pas arrivé.

- Oui, c'était vraiment bien. J'ai aussi beaucoup aimé ta façon instinctive de faire les enchères. Ton « quatre piques » était juste parfait pour tuer l'adversaire. Un vrai risque mais un risque qui méritait d'être pris.

- Il faudrait quand même que tu m'expliques un peu mieux cette partie « borderline » des annonces. Pourquoi ce « trois piques » ? Cela a bien fonctionné cette fois mais j'aimerais vraiment apprendre.

- *…..*

- *Si tu as un peu de temps bien sûr….*

Victor ne répondit pas à cette dernière invite. Il savourait simplement ce moment d'exception après tous les longs mois de solitude qu'il venait de vivre. Ses amis américains, ce tournoi de bridge inattendu gagné avec un peu de chance qui le replongeait dans une période heureuse de sa vie, le temps béni de la Floride, sa fille et son petit-fils très bientôt même si la suite avec sa fille s'annonçait un peu compliquée avec un problème pour l'instant encore inconnu à régler…

Le soleil commençait à décliner et à se voiler complètement lorsqu'ils tournèrent dans la rue où habitait Ann. L'air était lourd et l'averse habituelle de fin de journée n'allait pas tarder à venir.

- *Je peux être indiscrète ?* demanda Ann

- *Il n'y a que les réponses qui le sont* rétorqua Victor avec un sourire résigné car il imaginait sans peine la suite

- *J'ai vu ton alliance, ta femme ne t'a pas accompagné ?*

- *Ma femme n'est plus. Depuis un accident de la circulation à Paris l'an passé. Elle a été tuée avec notre gendre qui l'accompagnait.*

- *Oh vraiment désolée, je suis très confuse.*

Un an après, Victor n'avait vraiment pas envie de revenir sur cette période d'autant qu'il ne disait pas la vérité. Seuls ses amis très proches savaient que sa femme et son gendre avaient été tués dans un attentat qui avait fait 37 morts et près de 200 blessés, attentat que la terre entière avait relayé sur les réseaux sociaux et les chaines d'infos en continu.

Mais parler d'attentat, c'était aussitôt l'obligation de rentrer dans des détails pénibles, de préciser où, quand et comment cela s'était passé car chacun des sept milliards d'habitants sur terre s'était peu ou prou approprié la chose.

Parler d'un accident de la route au contraire n'intéressait strictement personne alors que le nombres de morts sur la route dépasse le million de personnes par an dans le monde, plus de trois mille cinq cents en France et dix fois plus aux USA.

En répondant cela, Victor savait aussi que la colère qu'il avait éprouvée et qu'il éprouvait encore était beaucoup mieux maitrisée. Il ressentait toujours un très fort désir de vengeance à l'égard des musulmans intégristes qui avaient commandité et exécuté l'attentat et d'une façon générale contre ces musulmans qui utilisaient leur religion à des fins politiques.

Banaliser l'évènement avait été sa façon à lui de commencer à tourner la page.

Comme il l'avait prévu, il ne fut pas obligé d'ajouter quoi que ce soit à sa réponse.

- *J'ai perdu aussi mon mari* dit Ann après quelques pas sans parler. *Enfin, en réalité, je l'ai perdu deux fois. Il m'a quitté pour une plus jeune il y a quatre ans, nous étions alors simplement séparés, pas complètement fâchés et pas encore divorcés, et puis il est rapidement tombé gravement malade pour mourir au début de l'année….*

- *Sincèrement désolé rétorqua Victor à son tour.*

Il se tourna vers Ann sans doute pour la première fois de l'après-midi avec les yeux d'un homme pour une femme. Il était un peu étonné qu'elle resta seule, car elle avait encore une très belle allure pour un âge qu'il situa un peu au-delà de 50. Presque aussi grande que lui, des formes pleines, une belle blonde américaine en fait.

Sa tenue du jour n'était par contre pas du meilleur goût, T-shirt blanc sans col sur un bermuda bariolé vaguement hawaïen et basquets rouges sur chaussettes montantes beiges. Un ensemble pas très seyant qui ne la mettait pas en valeur.

Les premières gouttes de pluie arrivèrent alors qu'ils atteignaient l'auvent de la maison d'Ann.

Victor fit un dernier grand pas pour éviter l'averse au moment où Ann se reculait pour introduire la clé dans la porte. Leurs deux corps restèrent l'un contre l'autre, beaucoup plus longtemps qu'ils n'auraient dû.

Après un moment de questionnement, Victor passa avec hésitation un bras autour de la taille d'Ann qui petit à petit se laissa aller tout doucement contre son épaule. Ils restèrent un bon moment ainsi sans bouger, probablement aussi étonnés l'un que l'autre, aussi gauches que deux adolescents la première fois. Le temps paraissait suspendu.

L'averse se transforma subitement en déluge ce qui précipita leur entrée dans la maison.

Porte, vestibule, chambre, lit. La suite ne fut plus qu'une accumulation de gestes rapides, de vêtements froissés et d'énergies complices.

...

Mardi 18h30

Rencogné dans un fauteuil en cuir bien moelleux, Victor écoutait Ann chantonner sous sa douche.

Rhabillé et apaisé, il appréciait à sa juste valeur ce moment de calme et de détente. L'intermède était à la fois irréel et bienvenu.

Cela faisait bien plus d'un an depuis la disparition de sa femme qu'il n'avait pas tenu quelqu'un dans ses bras et d'une certaine façon, il en restait un peu étourdi, étonné même. Il s'était senti rebondir, même si renaitre lui paraissait encore tout à fait impossible.

Il découvrit tranquillement des yeux l'intérieur de la maison qu'il n'avait pas eu le temps de regarder tout à l'heure. Beaucoup trop occupé ! Une multitude de tableaux et de photos, des murs avec des papiers peints aux teintes foncées indéfinissables, un coin cuisine aux tons de bois sombres, un vieux juke-box aux couleurs pétantes probablement chiné dans une des nombreuses ventes « d'antiquités » à la sauce américaine.

Des antiquités du siècle dernier au mieux ! L'ensemble faisait un peu « vintage » et assez triste. La décoration aurait mérité un bon coup de jeune.

Une grande baie s'ouvrait sur une terrasse qui donnait sur le lac de leur village et Victor constata qu'après une grosse demi-heure de pluie intense, le temps se dégageait petit à petit. Il prit son téléphone et s'apprêtait à envoyer un message à ses amis hôtes pour leur dire qu'il arriverait bientôt quand la sonnette de la porte d'entrée retentit.

La douche continuant de couler, il décida de ne pas déranger Ann. Il mit ses chaussures et alla ouvrir.

Un homme à la barbe « islamique » plus grand que lui se tenait dans l'embrasure de la porte. Il eut l'air plutôt surpris de le voir.

Après les « bonjours » d'usage, le visiteur sembla un peu perdu voire même gêné. Il triturait ses mains. Son américain était plus sommaire que celui de Victor. En dehors des blancs « caucasiens » et les latinos, cette Floride du sud ne présentait pas une palette variée de communautés comme à New York.

Au premier abord, Victor situa son origine au moyen orient, ce qui ne le rendit pas à ses yeux particulièrement sympathique ni bienvenu.

- *Madame Ann n'est pas là ?*

- *Elle prend une douche. Vous désirez quelque chose ?* répondit Victor un peu sèchement

- *Mon chauffe-eau. Mon chauffe-eau ne marche pas* dit-il

Comme il n'ajouta pas un mot et resta planté là, Victor ne sut pas trop quoi répondre. Sans doute un voisin ? Il avait l'air de bien connaitre Ann en tous cas. Victor ne savait pas qu'elle avait aussi des talents de dépannage !

- *Ann sera prête d'ici peu. Pouvez-vous revenir dans un moment ? De toute façon, je lui dirai que vous êtes passé.*

- *Bien sûr, bien sûr*, répondit le visiteur d'un ton obséquieux en reculant pour repartir, *je suis vraiment désolé de vous avoir dérangé.*

La porte refermée, Victor s'aperçut qu'il ne lui avait même pas demandé son nom. L'eau ne coulait plus dans la salle de bain.

Il alla dans la chambre et relata à Ann cette visite insolite au travers de la porte.

- *J'arrive et je t'explique dans deux minutes* dit-elle

Enveloppée dans un peignoir, elle le rejoignit dans le salon et lui expliqua qu'après le départ puis la mort de son mari, elle fut obligée de faire des petits boulots pour vivre. Son mari avait continué à lui donner de l'argent même quand il l'avait quittée mais suite à sa mort c'était fini.

Sa maison était maintenant complètement payée mais les charges dans un tel village sont assez élevées et elle ne pouvait plus s'en sortir.

Elle eut donc l'idée pour augmenter ses revenus de louer le garage qu'ils avaient auparavant transformé en chambre et salle d'eau pour leurs amis de passage.

Ashim est le nom de son locataire depuis près de dix mois. C'est son premier et unique locataire pour l'instant. Apparemment il y a eu un peu de froid avec les voisins au début vu le physique très différent de Ashim et ses origines voire sa religion, mais sa politesse et sa discrétion les ont depuis complètement rassurés.

- *Je m'habille et vais le voir. C'est un intellectuel émigré depuis pas mal d'années aux USA. Il enseigne maintenant à l'université de Newell depuis la dernière rentrée universitaire. Je ne sais pas quoi au juste. Il ne sait rien faire de ses mains, ç'a c'est sûr. Et je crois qu'il a peur de l'électricité, ou que sa religion lui interdit d'y toucher.*

- *Si cela se trouve, c'est encore le disjoncteur* ajouta-t-elle. *Après la dernière grosse tempête qui a balayé ce coin de la Floride il y a deux ans, il y a parfois des mauvaises surprises. J'ai eu déjà deux fois ce type de souci depuis son arrivée. Un mauvais contact quelque part sans doute. Je n'ai pas fait venir un réparateur. C'est beaucoup trop cher pour mes finances actuelles.*

Victor lui proposa de l'accompagner. Il n'était pas trop maladroit en électricité et ce Ashim l'intriguait. Elle acquiesça et fila s'habiller.

Le garage devenu studio donnait sur la rue et le côté adjacent à l'entrée de la maison. Il était vraiment très bien aménagé, peint en blanc avec des meubles type Ikea, très clair à l'opposé du reste de la maison. Avec un coin salle d'eau sous une mezzanine sur laquelle était placé le lit.

Il faut dire que les garages américains sont grands et peuvent recevoir au minimum deux grosses voitures. C'était devenu un très beau studio.

L'endroit était propre et bien rangé. Le reste de la pièce comportait un bureau situé sous la seule et unique fenêtre et deux hautes armoires de rangement avec une mini table et deux chaises. Le tout sur un tapis bon marché aux tons noir et blanc du plus bel effet. Une belle réalisation.

Victor était resté sur le pas de la porte pour ne pas déranger et Ashim le regarda d'un air soupçonneux.

Ann ouvrit la trappe du boitier contenant le disjoncteur situé près de la porte. Le relai correspondant au chauffe-eau était sur « off ». Elle « répara » le problème (en fait elle remit simplement sur « on »), indiqua à son locataire que c'était bon d'un air décidé et ce dernier se confondit en courbettes et mercis.

Victor imagina que ce relai était préférentiellement activé la nuit et que l'impulsion envoyée par le réseau l'avait fait sauter d'un cran. Il avait déjà eu ce problème en France mais il eut la flemme de chercher les bons termes techniques pour l'expliquer à Ann dans sa langue.

Victor se fit quand même la réflexion que cette boite d'arrivée du courant pour l'ensemble de la propriété était bien mal placée dans ce garage devenu studio autonome et que le locataire pouvait à sa guise plonger la maison et son habitante dans le noir.

Peut-être même qu'il pourrait actionner le disjoncteur uniquement pour voir rappliquer sa propriétaire ? ... Sauf si réellement il détestait « l'électricité ».

Bizarre.

CHAPITRE 3

Mercredi matin 8h15

Victor avait garé depuis un bon moment déjà sa voiture de location – il avait une sainte horreur d'être en retard – et il déambula tranquillement devant le bâtiment de l'aéroport de Fort Myers, profitant d'un air encore très frais à ce moment de la journée. Cela faisait presque trois mois qu'il n'avait pas vu son petit-fils Antoine depuis que sa maman avait signé son contrat avec son employeur New yorkais.

Il souffrait évidemment beaucoup de leur éloignement. Même s'il devait convenir que le job que sa fille Juliette avait trouvé après la mort de sa mère et de son mari était exactement ce qu'il lui fallait pour être loin de Paris et de tous les souvenirs post attentat que son environnement habituel lui aurait rappelé chaque jour. C'était aussi une opportunité pour que son fils oublie rapidement le drame qui les avait touchés.

Cette volonté très forte et cette soif d'indépendance venait d'ailleurs bizarrement en contradiction avec son appel à l'aide de la semaine passée. Cela l'avait étonné, même inquiété mais il n'en avait rien dit, trop content de se rendre utile et de sortir de son traintrain solitaire.

L'avion en provenance de Newark se posa avec quelques minutes de retard et Victor se dirigea tranquillement vers l'arrivée des passagers. La course de son petit-fils dès qu'il le vit et son bond dans ses bras lui firent un bien immense. Il oublia instantanément tous ses chakras passés et même l'endroit où il se trouvait. Il ne redescendit sur terre que lorsque Juliette arriva enfin en trainant une grosse valise.

Il leur fallut presque vingt minutes pour sortir du parking et prendre la direction de Naples à cette heure matinale particulièrement chargée. Levé depuis quatre heures du matin, Antoine tomba de sommeil dès les premiers tours de roues sur l'Interstate 75.

- *Je vous emmène où ?* demanda Victor à sa fille

- *Nous allons loger chez un ami au Nord de Naples, une grande maison dans une résidence au bord de la mer. Al le propriétaire arrive dans trois jours pour le week-end, lui aussi de New York.*

Devant le silence vaguement inquisiteur de Victor, Juliette se senti obligée de préciser

- *Al – Alexander - est un ami que j'ai rencontré il y a deux mois suite à une réunion de travail où il intervenait en tant que consultant extérieur. Un ami particulièrement agréable et attentionné. Nous nous sommes trouvé beaucoup de points communs. Je ne sais pas vraiment si c'est sa boite ou sa famille qui possède la maison mais il peut en disposer quand il le veut.*

- C'est sérieux ? demanda-t-il

- Je ne sais pas. C'est un bon copain aujourd'hui mais je ne peux pas dire si cette amitié durera très longtemps car d'une certaine façon il est partie prenante dans l'affaire que j'ai à régler.

Après un coup d'œil sur la banquette arrière, Juliette profita alors de son fils endormi et de la demi-heure de route à venir pour raconter à Victor son problème.

Suite à la rencontre initiale avec Al, ils étaient sortis plusieurs fois ensemble en célibataires profitant des spectacles et des très bons restaurants et steak-house de New York. Antoine était à chaque fois gardé par une très bonne relation de travail, Sue.

Sue et elle vivaient dans la même rue à deux immeubles d'écart et elles étaient rapidement devenues inséparables. Antoine l'aimait beaucoup. « Tata Sue » disait-il.

Al l'avait invité à passer un grand week-end en Floride et lorsque Juliette lui avait dit que Sue et elle avaient déjà prévu de profiter de ce pont pour partir de la ville pour la première fois ensemble avec Antoine, Al les avait invités tous les trois.

Juliette connaissait donc la maison vers laquelle ils roulaient maintenant.

Le samedi soir de ce fameux week-end, ils firent garder Antoine par le couple de « latinos » qui gèrent à l'année la propriété et sortirent à quatre, Al avec un ami travaillant dans l'immobilier local que Juliette ne connaissait pas, Sue et elle. Après un restaurant de fruits de mer du sud de Naples, ils allèrent dans une boite de nuit de Newell.

Vers minuit, Juliette, fatiguée par un début de semaine particulièrement éprouvant décida de rentrer. Sue qui s'amusait bien avec leurs amis d'un soir resta danser plus longtemps.

Vers trois heures du matin, l'hôpital de Newell appela Juliette sur son portable en lui disant que son amie venait d'arriver en réanimation et qu'elle devait venir en urgence. Ils avaient trouvé son numéro dans le sac à mains de la jeune femme.

A six heures quinze ce matin-là, Sue mourut. D'après le médecin des urgences de garde cette nuit-là, le cœur de Sue n'avait pas supporté un mélange d'alcool et d'une drogue nouvellement utilisée dans leur région. De plus elle avait été très brutalement violée et elle portait des traces de coups qui n'étaient peut-être pas totalement étrangers à sa mort. L'autopsie en dirait plus.

Juliette fit dès le dimanche matin à l'hôpital une courte main courante à la police de Newell, ville où se déroulèrent les évènements. Al venu la rejoindre sur place après son appel lui avait rapporté avoir perdu de vue Sue à un moment de la soirée – il pensait qu'elle était elle aussi partie - et il était rentré vers deux heures avec son ami qui avait passé le reste de la nuit chez lui.

Juliette qui devait absolument être à New York pour son travail le lundi matin avait convenu avec la police de revenir dès que possible.

Depuis, elle avait appelé plusieurs fois la police au téléphone et elle avait l'impression qu'ils ne souhaitaient pas vraiment savoir ce qui s'était passé, la prise d'alcool et de drogue étant à leur yeux suffisante pour justifier une nième morte de ce type et refermer le dossier.

Elle avait fini par obtenir un rendez-vous avec le patron de la police de Newell lui-même pour le prochain vendredi matin. Trop perturbée par ce drame si soudain, elle n'avait pas encore dit à la police qu'elle avait un enregistrement vocal du médecin urgentiste…

Juliette resta un moment silencieux perdu dans ses souvenirs, les yeux humides et la gorge nouée. Victor jeta un œil de côté en conduisant et en dépit de la peine profonde que le fait de raconter ravivait, il redécouvrit un profil déterminé aux mâchoires serrées qu'il connaissait trop bien.

- *Qu'attends-tu de moi* demanda Victor

- *Que tu viennes après demain à la police avec moi. Al ne sera pas encore arrivé et en plus, je ne le sens pas très combatif sur ce coup. Il m'a déjà conseillé de laisser tomber. Moi, je veux que le ou les salauds qui lui ont fait cela paient.*

- *Peut-être que Al les connait* **hasarda** Victor

- *Je ne sais pas. Nous ne nous sommes pas revus physiquement et au téléphone, nous avons plutôt évité le sujet. Il sait juste que je dois revoir la police et il m'a invité chez lui. Une chambre m'attend. La police m'a envoyé une liste de questions qu'il fallait que je prépare.*

- *J'avais imaginé vous emmener demain en balade dans un endroit étonnant qu'Antoine adorerait sans doute. Mais tu veux peut-être te préparer tranquillement ?*

- *Non, je suis prête et je pense que la soirée de demain en « révision » sera amplement suffisante. Cela n'empêche nullement que nous nous évadions dans la journée avec Antoine si tu as un bon plan.*

Victor pris la sortie Bonita Springs, le ralentissement du véhicule et le changement de bruit ambiant dans l'habitacle réveillèrent le garçon.

- *On arrive ?* demanda-t-il, *j'ai faim.*

- *Dans un petit moment mon chéri. Dix minutes pas plus* répondit-elle

Après que la voiture se soit fait dument enregistrer à la barrière de la résidence et qu'il se soit garé devant l'énorme maison de Al, Victor se fit la réflexion qu'il fallait vraiment être « blindé » pour s'offrir une telle propriété. Une maison de « millionnaire » aurait dit ses amis Jane et Bruce.

- *Je t'emmène manger une salade dès que vous avez déposé vos bagages ?*

- *Non c'est gentil mais les employés sont prévenus de mon arrivée et ils ont préparé un en-cas. J'ai pas mal de boulot en retard et Antoine a vraiment besoin de faire une sieste. Nous aurons toute la journée demain pour être ensemble.*

.....

Jeudi matin 8h30

La journée s'annonçait très belle et chaude et Victor s'était habillé décontracté pour cette journée de détente. Après avoir fait le tour de la mini résidence, il se gara un peu en avance devant la maison où séjournaient Antoine et Juliette.

Maison n'était sans doute pas le terme approprié car elle ressemblait à un château de Disney en miniature, où plutôt même à un gâteau d'anniversaire géant. Très moderne avec des inspirations et des couleurs vaguement mexicaines. Environ 1500 m2 de plancher répartis sur deux ou trois niveaux jugea Victor.

Les maisons alentour étaient toutes différentes, plus colorées et originales les unes que les autres. Disposées le long de la plage, elles étaient desservies par une route qui les séparait d'un ensemble de pontons privés (un par maison) donnant sur un bras de mer, un intracostal qui rejoignait l'océan une dizaine de miles plus loin. Permettant aux occupants d'y amarrer chacun deux bateaux à moteur.

Les architectes locaux s'en étaient donné à cœur joie. On était très loin du village habituel de 3 à 400 maisons quasi identiques. La « résidence » gardée jour et nuit en comptait tout au plus une trentaine.

Descendu de voiture, il entama la discussion avec un dénommé Pablo qui devait être le mari jardinier – homme à tout faire de la propriété. Victor le complimenta sur l'état du jardin qui, chaleur et humidité aidant était absolument magnifique et luxuriant. Le gazon était parfaitement tondu.

- *Merci Monsieur, Pablo heureux que vous trouviez très beau*

Son anglais était plutôt approximatif.

- *Votre patron vient souvent ici ?*

- *Oui Monsieur Al est patron. Très gentil Monsieur Al.*

- *Il vient souvent ?*

- *Quelques jours tous les mois. Patron dit à Maria quand.*

- *Seul ?*

- *Vraiment très gentil vous savez* insista Pablo

- *Monsieur Al, il est marié ?*

- *Je sais pas*

Victor ne sut pas faire la différence entre de vraies difficultés de langage, une certaine limitation intellectuelle ou une rouerie prudente. Les trois peut-être.

Au bout d'un moment, la dénommée Maria sortit de la maison. L'œil beaucoup plus éveillé. Manifestement, c'était elle qui dirigeait les opérations.

- *Bonjour Monsieur*

- *Bonjour, je suis le papa de Juliette*

- *Je sais Monsieur. Nous vous attendions. Madame Juliette sera bientôt prête. Vous revenez à quelle heure ?*

- *Aucune idée. Nous allons à Sarasota pour la journée et dinerons sans doute là-bas. Vers minuit peut-être ?*

- *Alors il faudra prendre la clé de secours qui est toujours sur le côté. Nous serons couchés et nous dormons en dehors de la maison dans le petit studio qui est collé derrière le garage à droite.*

- *Venez avec moi* ajouta-t-elle

Maria attira Victor sur la gauche de l'entrée où le nom de la propriété était marqué en grandes lettres de bois peint avec deux verts ton sur ton : « Emerald ». Dans le centre du « d » du nom, il y avait un morceau de bois amovible et une clé posée derrière. Plus chic et discret que sous un pot ou sous le paillasson ! Et moins facilement détectable.

- *En attendant que Madame Juliette soit prête, vous voulez voir l'intérieur de la maison Monsieur ?*

Manifestement, Maria était fière de la maison qu'elle gérait

- *Avec grand plaisir* répondit Victor

Le rez-de-chaussée comportait une entrée relativement modeste qui aurait toutefois abrité sans problème une famille très nombreuse en Inde. Elle ouvrait sur un gigantesque hall central ouvert jusqu'à une verrière faisant office de toit.

Ce hall de 3 à 400 m2 était tout à la fois grand salon, petit salon, coin salle à manger, coin bar, coin bureau, coin télé, coin bibliothèque, le tout agencé avec beaucoup d'élégance avec différents tapis et paravents autour d'une statue qui probablement était sensée rappeler le nom de la maison : une forme élancée facettée vert cuivre de presque 3m de haut, une femme émeraude ?

Le premier et le deuxième étage venaient en mezzanine sur trois des côtés du hall, le dernier côté étant complètement vitré et ouvert sur une piscine et sur la mer distante d'environ 200m.

Cet immense espace à vivre était très beau et une immense cheminée d'angle en pierre venait ajouter son charme à l'ensemble.

Victor fut vraiment impressionné. Il pensa que sa fille aurait pu tomber plus mal avec cet ami encore que cette richesse largement ostentatoire et assez impersonnelle ne disait rien du caractère et des qualités et défauts du propriétaire.

Les étages étaient desservis par deux beaux escaliers disposés dans les angles opposés à la mer. L'un en pierre (l'escalier principal), l'autre plus modeste avec de très belles boiseries claires. Victor nota également qu'il y avait une espèce de terrasse « solarium » sur une partie du deuxième étage.

Cette maison n'était pas seulement millionnaire, elle était multi millionnaire, déca millionnaire !

- *Je vous montre une chambre d'amis* ajouta Maria lorsqu'ils furent arrivés au premier étage

- *Laissez-moi prendre une photo d'abord* demanda Victor

Victor pris plusieurs photos de l'espace à vivre central et rejoignit Maria dans l'entrée d'une chambre. Cette dernière ne déparait pas le reste, vaste et lumineuse avec un coin salle de bain derrière une partie ouverte façon atelier. Le lit était recouvert d'une couverture à dominante blanc avec des fleurs de couleur joliment brodées.

L'arrivée en trombe d'Antoine mit fin subitement à la visite

- *Daddy, Daddy*

Il se jeta dans les bras de son grand père.

Juliette les rejoignit avec un petit sac et ils redescendirent dans l'entrée

- *Tout le monde est prêt ? Je fais juste un petit stop aux toilettes et j'arrive* indiqua Victor

Les toilettes « invités » situées sous l'escalier en bois étaient absolument somptueuses et aussi impressionnantes que celles d'un grand hôtel de luxe.

Au total, cette immense maison ressemblait plus à une maison témoin pour milliardaires qu'à une maison vraiment habitée.

Antoine était déjà sanglé sur son siège à l'arrière quand Victor sortit pour prendre la route.

……

Jeudi 16h

La visite du « Ringling museum » tirait à sa fin et Antoine se laissait de plus en plus trainer par les deux adultes. Il était visiblement fatigué après avoir beaucoup couru le matin sur une immense plage de Sanibel où il avait sacrifié avec sa maman à la coutume locale du « shelling », le ramassage de coquillages tous plus originaux les uns que les autres.

Il avait aussi visité sans broncher les différents bâtiments et jardins du musée après une très courte pause au restaurant.

- *Antoine, attention, tu vas avoir la surprise de ta vie, ouvre bien grand les yeux* l'avertit son grand père

Ils arrivèrent le long de la maquette géante montrant l'ensemble du cirque arrivant dans une ville au début du 20ème siècle. La fatigue de l'enfant s'envola comme par enchantement.

Le train spécial d'une longueur incroyable, les enchevêtrements de rails, la ville toute proche merveilleusement reproduite, les chevaux et autres animaux domestiques, les différents petits chapiteaux, le grand chapiteau, la ménagerie, la vente des billets, tous les personnages en habits d'époque trop bien restitués…

Antoine courait le long de la paroi vitrée et il se démenait comme un fou pour tout voir. Victor avait pu admirer cette œuvre d'art bien des années avant et il était sûr de son coup en l'amenant ici.

Etant petit de l'âge d'Antoine, il avait lui-même fabriqué un cirque avec ce qu'il avait sous la main car les jouets se faisaient rares à cette époque et plus encore chez ses parents qui avaient du mal à joindre les deux bouts.

Son père rénovant pièce après pièce dans leur maison, il avait récupéré des morceaux de bois pour délimiter la piste et faire les gradins, des coupes de carreaux de faïence pour faire les bancs autour de la piste et surtout il avait « inventé » des cages pour les fauves, ces dernières fabriquées avec des fonds de grosses boites d'allumettes vides et les barreaux réalisés avec des élastiques.

Il n'avait que quelques petits animaux en plastique pour sa « ménagerie » - des cadeaux d'une célèbre marque de lessive - mais au final c'était son cirque à lui et en était très fier. Un jouet unique qu'il s'était construit de A jusqu'à Z.

Aujourd'hui Victor ressentait autant d'émerveillement (peut-être même plus) que son petit-fils à contempler cette reproduction incroyable du fameux cirque Barnum, le plus grand cirque au monde d'une époque maintenant révolue.

Ayant terminé la visite plus tôt que prévu, il était encore un peu tôt pour diner. Victor et Juliette fatigués eux aussi décidèrent de ne pas manger à Sarasota mais de commencer leur route de retour.

Victor connaissait un restaurant de poissons et fruits de mer situé à Fort Myers Beach, restaurant qui lui rappelait à chaque visite le fameux « Eat at Joe's » de Tex Avery.

Il appela pour réserver une table et ils prirent la route pour rejoindre l'Interstate 75 South. Dès les premiers tours de roues, Antoine prêt à dormir réclama alors avec force son doudou « Baba ».

Victor dû s'arrêter quelques instants sur le bas-côté et Juliette pu aller chercher dans le coffre un joyeux éléphant gris clair avec des très grandes oreilles qui ne quittait jamais son fils depuis sa naissance.

Elle en avait d'ailleurs deux identiques des doudous, un qui restait toujours dans la chambre de l'enfant à New York et l'autre pour la journée et les voyages. A cinq ans, le doudou restait incontournable et ce n'est pas la disparition de son père qui aurait pu en diminuer l'importance, bien au contraire.

- *Pas de doudou Baba égale drame garanti* précisa Juliette

L'heure et demie de route avec Antoine endormi derrière leur permit d'évoquer à nouveau la rencontre du lendemain matin à la police de Newell. Victor commençait à penser que sa fille aurait dû laisser tomber mais sa première tentative en ce sens l'avait renvoyé dans ses buts et connaissant son caractère bien trempé et têtu, il savait qu'il faudrait de solides arguments pour la détourner de son objectif.

- *Tu es bien sûr de vouloir engager une action en justice ? Personnellement tu connais ma position. Malheureusement, quoiqu'il se passe maintenant, cela ne fera pas revenir ton amie Sue. Tu as ton boulot à New York à consolider et ton fils à protéger, pense y.*

- *J'ai déjà parlé à un policier au téléphone et demain, je veux juste porter plainte, c'est le moins que je puisse faire répondit-elle*

- *Sans avocat ?*

- *Pourquoi faire ? Je vais juste porter plainte et témoigner si besoin. De toute façon, je n'ai pas les moyens de me payer un avocat. Et si tu ne peux pas te payer très cher le meilleur avocat dans ce pays, cela sert à rien d'en prendre un.*

- *Ce n'est pas faux et je m'en suis rendu compte dans le cadre de mon travail il y a une dizaine d'années.*

Le téléphone interrompit soudainement Victor alors qu'il s'apprêtait à lui rappeler une histoire qu'elle avait peut-être déjà dû entendre plusieurs fois. Lorsqu'il lut le nom, « Ann », il décida de ne pas répondre immédiatement.

Victor expliqua alors à sa fille la rencontre avec sa partenaire occasionnelle de bridge sans rentrer dans des détails qui l'auraient gêné. De toute façon, il n'avait à ce moment aucune idée encore de la suite qui serait donnée à cette aventure d'un soir et il ne jugea pas utile de lui en parler.

Il avait totalement oublié d'appeler cette dernière comme promis pour convenir d'un diner et c'était sans doute l'objet de son appel.

Le lendemain serait bien occupé car ses très bons amis qui connaissaient bien Juliette pour l'avoir hébergée des années plus tôt lorsqu'elle était toute jeune étudiante les avaient invités pour un barbecue le soir.

Victor rappela alors Ann en lui précisant qu'il était désolé d'avoir oublié de la rappeler, qu'il était pris demain toute la journée et qu'il l'invitait à diner pour samedi soir si elle était libre. Après son accord, il lui proposa de choisir le restaurant pourvu qu'il ne soit pas asiatique…Une steak house serait parfaite.

Le trajet en voiture devenant le lieu d'échanges privilégié, Juliette expliqua alors à son père pourquoi elle ne voulait rien lâcher et elle justifia sa position en lui faisant écouter un enregistrement sur son téléphone.

Sur le moment, Victor ne trouva plus rien à redire. Maintenant, après avoir écouté l'urgentiste, il comprenait mieux l'insistance de Juliette.

La suite du retour et le très court diner chez Joe's les laissèrent chacun la plupart du temps dans leurs pensées.

CHAPITRE 4

Vendredi matin 9h

Juliette et Victor avaient laissé Antoine au couple de latinos pour la matinée avec malheureusement l'interdiction de baigner dans la mer car les algues vertes proliféraient cette année encore dans cette partie du golfe du Mexique. Il n'y avait pas à douter qu'après trois ans de suite avec la même pollution, le marché de l'immobilier serait impacté si cela devait perdurer.

Enfin, pour les maisons sans piscines car pour celles du genre où était hébergée Juliette, rien ne serait changé.

L'hôtel de police de Newell n'était pas tout jeune. Il était construit sur l'habituel modèle « carré » sans fioriture des bâtiments administratifs aux US, avec des murs extérieurs de briques brunes. Le hall d'entrée venait d'être repeint en blanc et une partie « salle d'attente » très sommaire avait été créée derrière quelques plantes vertes.

Juliette et Victor s'étaient mis d'accord pour que Victor joue le rôle de l'avocat en prenant la direction de l'échange afin de laisser sa fille se concentrer sur son témoignage.

Un officier vint les chercher pour leur rencontre avec le chef local de la police, le capitaine Fred Carson. Juliette l'avait croisé brièvement dans les couloirs de l'hôpital après la mort de son amie Sue. Il lui avait dit quelques mots et il était convenu entre eux au téléphone qu'il devait enregistrer officiellement aujourd'hui sa déposition.

Fred Carson avait une petite quarantaine, peut-être moins. Assez mince et le cheveu court, il portait un uniforme bleu qui mettait en valeur sa silhouette athlétique. Il les fit entrer et assoir avec un sourire immédiat et chaleureux qui incitait à la confiance.

Victor remarqua que sa présence n'était pas forcément souhaitée car le capitaine l'avait un peu ignoré d'entrée. Il s'était délibérément tourné vers sa fille comme s'il l'avait quitté la veille. Après les présentations, Victor se lança :

- *Capitaine, avez-vous des nouvelles concernant l'enquête sur la mort de l'amie de ma fille ?*

- *Votre question m'étonne un peu Monsieur car il n'y a pas à proprement parler d'enquête. Melle Sue Abraham a succombé d'une overdose, problème malheureusement assez fréquent chez les jeunes le samedi soir et s'il n'y avait eu l'insistance de votre fille, l'affaire serait déjà classée.*

- *Et le viol ?*

- *Quel viol ?*

Victor regarda longuement son interlocuteur sans répondre immédiatement. Il lui sembla clairement qu'ils étaient partis du mauvais pied et qu'il était pour le moins peu coopératif. Il décida de calmer son début d'agacement et de repartir à zéro :

- *Sue est décédée après avoir été violée. Que dit l'autopsie ?*

Le policier les regarda tous les deux alternativement :

- *Vous savez, en général c'est moi qui pose les questions. Puis je vous demander d'abord votre lien de parenté avec cette personne ?*

- *C'était une amie très proche de ma fille* répondit Victor

- *Fiancée ?*

- *….*

- *Non, c'était juste une très bonne amie que j'ai rencontrée à New York il y a deux mois* intervint aussitôt Juliette voyant son père en difficulté pour répondre avec le policier qui commençait à monter le ton.

- *Une camarade de travail qui gardait mon fils lorsque mon travail débordait un peu, souvent en fait. Elle s'entendait parfaitement avec Antoine et cela lui faisait de l'argent de poche. Nous n'avions pas démarré une quelconque « relation » intime si c'est votre question.*

- *A quel titre venez-vous alors ?*

Victor se tourna vers sa fille pour qu'elle continue

- *C'est moi qui avait organisé ce week-end et d'une certaine façon, je me sens complètement responsable de ce qui est arrivé.*

- *Ce qui veut dire ?* insista le policier

- *Sans ce week-end à cet endroit, elle n'aurait pas fait cette fatale rencontre*

- *Vous êtes sûre que votre responsabilité s'arrête là ?*

Juliette ne comprenait plus. Devenait-elle un suspect ? Elle se tourna inconsciemment vers Victor comme pour solliciter son aide.

- *Vous êtes sérieux ?* demanda Victor

- *Vous n'étiez qu'à 15mn de voiture de l'endroit où elle a été retrouvée* insista le policier

- *Mais je ne sais même pas où elle a été retrouvée, je ne l'ai revue qu'à l'hôpital. Entre la boite de nuit et l'hôpital, j'ai tout simplement dormi*

- *Quelqu'un peut témoigner ?*

- *Euh non, mon fils dormait et les employés de la maison étaient allés dormir dans leur maison quand je suis arrivée. Vous pouvez les questionner mais moi je ne les ai pas vus ensuite.*

- *Pas d'alibi donc*

Victor sentit qu'il lui fallait revenir dans la conversation

- *Peut-être que la voiture de location de ce week-end peut « parler » avec son mouchard GPS, et même son téléphone portable également ?*

- *Et si vous aviez fait le kilomètre correspondant à pied sans téléphone ?* rétorqua Fred

Victor fit un geste de lassitude de la main :

- *Vous pensez sérieusement un seul instant que nous serions là à vous embêter si Juliette avait quoi que ce soit à voir avec cet assassinat ? Vous venez de dire à l'instant que sans l'insistance de Juliette, le dossier serait bouclé. Il faudrait savoir !*

La réponse fit manifestement réfléchir le policier qui prit le temps d'écrire quelques notes dans le dossier qu'il avait devant lui.

- *J'ai vu pire vous savez et parfois les criminels adorent suivre de très près l'enquête où ils sont partie prenante.*

- *Même au prix d'obliger la police à faire une enquête ?*

Fred Carson enchaina en changeant soudainement d'attitude, manifestement convaincu

- *Le rapport d'autopsie indique qu'elle est morte d'une overdose d'une drogue très méchante qui a déjà fait pas mal de victimes dans cette partie de la Floride* répondit-il

- *Et le viol ?* insista Victor

- *Le viol s'il est confirmé ne semble pas l'avoir tuée. J'ai contacté ses parents qui pour l'instant se sont bornés à rapatrier le corps pour l'inhumer dans le caveau familial* – il tourna quelques pages du dossier – *caveau situé à Covington près d'Atlanta en Géorgie. Ils ne souhaitent pas donner une suite quelconque à cet évènement.*

- *Normal, elle était fâchée avec ses parents depuis plusieurs années* intervint de nouveau Juliette. *Elle me l'a dit plusieurs fois. Ils ne voulaient pas qu'elle monte à New York. Ils se fichent sans doute complètement de ce qu'il lui est arrivé.*

- *Ce sont néanmoins ses parents et ils ont pris en mains ses obsèques.*

- *Vous avez donc besoin d'une plainte officielle* - reprit Victor – *afin de faire une enquête ?*

- *J'ai surtout besoin de comprendre s'il y a matière à ouvrir enquête.*

Victor demanda à parler à Juliette et il se rapprochèrent en échangeant à voix basse en français

- *fait lui écouter maintenant l'enregistrement du médecin* demanda-t-il à sa fille

- *Vous savez, je parle mal le français mais j'en ai fait plusieurs années à l'université et j'arrive à le comprendre un peu*, les informât dans leur langue le policier. *Je souhaite simplement vous prévenir* ajouta-t-il les paumes en avant en poursuivant en anglais.

- *OK merci* reprit Victor. *Laissez nous vous faire écouter un enregistrement sur le téléphone de ma fille.*

Les paroles du médecin urgentiste qui avait récupéré Sue étaient proprement insupportables et Victor ferma un instant les yeux comme si cela pouvait l'isoler. Il n'avait pas compris tous les mots techniques mais sa fille lui en avait fait auparavant un résumé.

La jeune femme avait été littéralement « martyrisée » par une ou plusieurs personnes et la mort était venue de différentes blessures internes ayant entrainé une hémorragie, la drogue prise auparavant n'ayant évidemment rien amélioré. Ils avaient pris tout un tas de prélèvements pour une éventuelle enquête.

Il vit la surprise d'abord puis la colère dans les yeux du capitaine. Ce dernier se rencogna dans le fond de son fauteuil en se passant une main sur le visage lorsque sa fille arrêta son portable. L'atmosphère était devenue irrespirable. Le policier était blême et regardait fixement une ligne située bien au-dessus de leurs têtes.

- *Vous auriez dû me donner cela plus tôt* attaqua-t-il après un moment, *nous avons perdu du temps. Vous, vous avez perdu du temps* insista-t-il.

- *J'étais absolument détruite au moment où l'on s'est vu et je pensais sincèrement que vous ou vos troupes interrogeriez le médecin urgentiste. Honnêtement, j'aurais été même incapable de vous reconnaitre aujourd'hui tant j'avais été bouleversé à ce moment. Déjà je n'aime pas les hôpitaux mais là c'était…*

Juliette ne put pas finir sa phrase, des larmes lui venant aussitôt dans les yeux suite à l'évocation de ces terribles moments.

- *Je comprends Madame la douleur que vous éprouvez. Pouvez-vous me passer votre portable pour que je fasse faire une copie ?*

Juliette eu une légère hésitation en regardant son père :

- *Allez-y, nous avons déjà fait faire une copie envoyée à un de nos amis au cas où il y aurait une mauvaise manipulation* répondit Victor en prenant l'appareil des mains de sa fille pour le remettre au policier.

Le capitaine plissa les yeux en les regardant tour à tour

- *Dois-je comprendre que vous n'avez pas confiance en la police de notre pays ?*

- *Nous avons confiance en vous Capitaine mais nous ne savions pas ni comment ni par qui nous serions accueillis aujourd'hui* répondit aussitôt Victor

- *J'ai aussi une photo de l'homme avec lequel dansait Sue quand je l'ai quittée* ajouta Juliette en posant sur la table un agrandissement qu'ils avaient imprimé sur papier spécial la veille au soir.

Le capitaine regarda longuement la photo. Il appuya sur une touche de son téléphone pour faire venir un dénommé Tony.

- *Nous avons depuis trois ans un logiciel de reconnaissance faciale et si ce Monsieur est connu de nos services, nous allons le savoir vite*

- *Je crois me souvenir que mon ami Al, le propriétaire de la maison où je loge l'a appelé Greg lors de la soirée* ajouta Juliette à l'attention des policiers

Une fois Tony parti avec la photo et le téléphone, ils continuèrent d'échanger sur des choses sans importance mais il sembla à Victor que le policier avait reconnu le cavalier de Sue et qu'il attendait manifestement une confirmation. Au bout d'un moment Tony ouvrit la porte et l'appela hors du bureau

- *Je pense qu'il le connait* chuchota Victor vers sa fille

Ils restèrent à attendre sans parler. Fred Carson revint s'asseoir et il les observa un moment.

- *Bien, vous avez compris que notre discussion d'aujourd'hui était encore informelle. Le Monsieur de la photo est connu et –* manifestement il cherchait très soigneusement ses mots *– il est suspect, seulement suspect, d'appartenir à une organisation criminelle puissante. Par ailleurs le fait que vous l'ayez vu avec cette jeune femme ne* *préjuge en rien qu'il soit pour quelque chose dans sa mort.*

- *Et ?* demanda Victor

- *Je ne sais pas si je vais ouvrir l'enquête car avec ce type de personnes, il faut du solide, des témoignages sérieux et je ne veux pas dépenser l'argent des contribuables américains pour rien*

- *A vous de bien réfléchir à la suite –* continua-t-il *- dans 90% des cas, de façon surprenante, nos témoins pourtant motivés au début ne sont plus sûr de rien quand on arrive au tribunal. Cela arrive même que certains disent exactement le contraire de ce qu'ils nous avaient dit avant, on se demande pourquoi ?* conclut-il avec un peu d'ironie

- *Et les 10% autres ?* demanda Victor

- *Ils se font tuer ou ont des accidents mortels inexpliqués.*

Un silence pesant s'installa à nouveau dans le bureau. Victor se retint de regarder sa fille. Le policier et lui devenaient soudainement des alliés objectifs pour ne rien faire mais il ne voulut surtout pas le montrer.

Après un moment, le Capitaine tendit à Juliette son téléphone et enchaina :

- *Je vous propose de laisser passer le week-end et lundi matin à la première heure on se revoit ou non en fonction de votre décision* conclut le policier une fois le téléphone rendu à sa propriétaire et en se levant.

- *Vous n'enregistrez rien ?* réagit Juliette avec colère

Fred Carson se rassit lentement :

- *Vous savez, nos services sont jugés sur le taux d'affaires élucidées. Ce que vous m'avez amené est absolument affreux et je comprends à 100% votre réaction mais est ce que je pourrai aller jusqu'au bout sur celle-ci ? Est-ce que je pourrai compter sur vous pour témoigner. Vous êtes un maillon essentiel. Prenez votre temps, pesez le pour et le contre.*

- *Vous ne pouvez donc rien faire contre ces gens ?*

- *Si mais il faut les prendre en flagrant délit ou avoir des témoins « inoxydables ». Je crois que vous comprenez bien ce que je vous dis* – dit-il en regardant Victor comme s'il avait lu dans ses pensées - *Sinon, ce n'est pas la peine.*

Victor se leva et fit signe à sa fille

- Merci de votre accueil Capitaine

Juliette attendit qu'ils soient sortis de l'immeuble pour exploser de colère.

- *Il ne fait pas de police mais de la gestion ! C'est vraiment incroyable et insupportable. Et peut-être même qu'il les protège ces salauds…*

- *Tu vas trop loin Juliette. Il a été « cash » mais clair. Il ne peut rien sans témoignages solides.*

- *La victime serait un élu ou une personne importante du coin, ils seraient tous sur les dents. Là, c'est une pauvre gamine new-yorkaise sans personne pour l'aider …*

C'est vrai que le policier avait été direct mais il leur laissait le choix sans rien fermer. L'enregistrement du médecin avait été décisif. Sans impatience, Victor attendit que sa colère se dirige ensuite contre lui car il connaissait sa fille. Ils rentraient dans la voiture lorsque l'orage arriva :

- *Et toi tu ne dis rien. Pourquoi n'as-tu pas exigé de faire la déposition aujourd'hui ? C'était ce qui était convenu. C'est bien la peine de venir d'Europe pour m'aider. Soi-disant pour m'aider !*

- *Tu pourras la faire lundi. Demain tu verras Al et…*

- *Al n'a rien à voir là-dedans et je ne veux pas en parler avec lui*

- *OK, OK, tu réfléchis tranquillement et tu prends ta décision. Quelle qu'elle soit, je te suivrai.*

Victor choisit de ne pas insister en rappelant sa position. Juliette se sentait probablement très coupable d'avoir entrainé son amie dans cette galère. Il comprenait et respectait l'attitude de sa fille qui souhaitait la venger, surtout après avoir entendu le témoignage de l'urgentiste.

Faire justice était parfaitement compréhensible mais après tout, Sue était majeure et elle avait choisi de ne pas rentrer avec elle. Juliette n'était absolument pas en cause.

Par ailleurs rien ne prouvait que cet homme sur la photo était pour quelque chose. Il ramena sa fille dans son palais doré et ils se séparèrent un peu froidement.

- *Je viens te chercher à 17h pour le diner chez Jane ?*

- *Je ne sais plus si j'en ai envie.*

- *C'est plus pour eux que pour toi tu sais et Antoine sera ravi*

- *OK à tout à l'heure* dit-elle après un moment sans le regarder, visiblement encore un peu fâchée.

CHAPITRE 05

Vendredi 15h

Après un déjeuner rapidement expédié, Bruce et Victor partirent « en courses ». Jane avait souhaité finaliser seule la préparation du diner du soir et elle les envoya chercher un cadeau original pour Antoine, histoire de ne plus les avoir dans les jambes.

Les visiteurs étaient vraiment très nombreux et Bruce eu du mal à trouver une place sur le parking du « Newell flee-market ». Heureusement que le temps était clément et qu'il n'y aurait pas d'averse prévue aujourd'hui car ils furent obligés de se garer très loin dans le parking.

Il y avait toujours un monde fou dans ce gigantesque complexe où l'on pouvait absolument tout trouver. Des gadgets, beaucoup de gadgets, des produits dégriffés, des antiquités à la sauce américaine, certaines fabriquées deux mois plus tôt en Chine, de la nourriture aussi à chaque bout d'allée.

C'était également le royaume des sportifs, des chasseurs, des pêcheurs, des collectionneurs de tous poils. On pouvait même trouver des articles de tunning pour les voitures.

La population majoritaire de retraités plutôt aisés en Floride faisait que tout ce qui était loisirs était présent, à portée de désir.

Ils n'auraient aucune peine à trouver une voiture originale, un pick-up collector des années 90. De façon pas très originale, Bruce et Victor s'étaient mis d'accord en chemin vers le « flee market » pour acheter ce type de cadeau.

Victor connaissait déjà l'endroit pour y être déjà venu quelques années plus tôt et il savait que du côté des articles de pêche, il y aurait des vendeurs de pièces de monnaie qui étaient en réalité son seul point d'intérêt en dehors de la voiture pour son petit-fils.

Ils avaient deux heures devant eux et il suivit Bruce qui se dirigea d'abord vers les jouets afin qu'ils s'acquittent de leur « mission » le plus rapidement possible.

En face de la boutique de voitures miniatures où ils s'arrêtèrent, il y avait un grand stand d'électronique où un jeune vendeur faisait évoluer avec talent un drone au-dessus des visiteurs afin d'attirer le client.

Après avoir aidé Bruce à trouver la merveille (un superbe pick-up Ford couleur crème) qui illuminerait la soirée de son petit-fils, Victor admira le manège du manipulateur de drone qui faisait marcher son engin au-dessus des clients potentiels.

Quelle ne fut pas sa surprise de voir arriver dans le stand d'électronique le locataire d'Ann, lui qui d'après ses dires avait horreur de l'électricité ! Ce dernier sortit de son sac à dos un objet que Victor ne put pas identifier et il demanda quelque chose au vendeur en montrant avec des gestes du bras le drone qui évoluait au-dessus des promeneurs.

Bruce se tourna vers Victor une fois la voiture mise dans un papier cadeau afin de continuer leur déambulation mais Victor lui fit signe de ne pas bouger. Son geste ne devait pas être suffisamment explicite car Bruce haussa le ton en l'appelant assez fort par son prénom.

Tout le monde se retourna dans l'allée et les stands avoisinants et Victor se retourna immédiatement à l'opposé pour ne montrer que son dos. Il n'aurait pas su expliquer pourquoi mais il ne voulait pas que Ashim le voit, le reconnaisse.

Il s'absorba religieusement devant une jeep modèle 1944 à l'échelle $1/18^{ème}$ aux couleurs de l'armée américaine. Il était écrit dessus que c'était une réplique parfaite des jeeps larguées en parachute au-dessus de la Normandie.

Normandie et Provence étaient pour les séniors américains retraités deux mots magiques qui leur rappelaient l'histoire des deux débarquements réussis en France par leurs ainés. Au niveau marketing et achat d'impulsion, cela avait une indéniable valeur.

Lorsque Bruce arriva à ses côtés en parlant toujours aussi fort, Victor, tout en lui montrant les modèles réduits de voitures, lui fit enfin comprendre à voix basse qu'il ne voulait pas se faire voir d'une personne qu'il avait cru reconnaitre.

Après un bon moment passé à contempler la jeep, Victor hasarda un regard et il put constater que l'individu était toujours aux prises avec le vendeur.

Pris d'une inspiration subite, il demanda à Bruce d'aller derrière le type et d'essayer de comprendre ce qu'il était en train d'acheter. Il lui expliquerait après le pourquoi de la chose. Surtout qu'il soit discret ! Il l'attendrait chez les marchands de monnaies dans l'allée des pêcheurs.

Après un mini salut militaire en guise d'acquiescement, Bruce lui mit la voiture dans les mains de Victor et entra à son tour dans le stand d'électronique.

Victor sortit dans l'allée avec le jouet dans les bras et commença à marcher au ralenti parmi la foule. Il se fit la réflexion que la discrétion n'était pas une des qualités premières de son ami Bruce mais bon, l'enjeu n'était pas non plus dramatique.

Trois stands plus loin, il put vérifier que Ashim et Bruce étaient toujours au même endroit. Il s'éloigna et décida d'aller voir tranquillement les monnaies.

Bien plus tard, Victor manipulait une pièce péruvienne qu'il n'avait encore jamais vue lorsque Bruce arriva à ses côtés

- *Mission accomplie chef* dit-il en souriant

- *Merci beaucoup Bruce, Je prends ces trois-là* dit-il au vendeur en tendant un billet de 20 dollars

Sa monnaie empochée, ils décidèrent de repartir et d'attendre d'être seuls avant de parler. La sortie du parking prit un temps infini mais aux USA, faire la queue n'est jamais un problème. Pas de coups de klaxon de conducteurs énervés. On attend son tour. Point.

- *Raconte-moi* demanda enfin Victor quand ils prirent la route pour retourner sur Bonita Springs

- *OK, je vais le faire dans le détail mais peux-tu me dire avant pourquoi tu t'intéresses à lui ?*

- *Ah oui pardon. En fait, ce type est le locataire de la copine de Jane, Ann, celle avec qui j'ai fait un bridge l'autre jour. Il m'a intrigué* – Victor raconta l'épisode du disjoncteur – *et j'ai été super étonné de le voir entrer dans un stand dédié à l'électricité et l'électronique.*

- Tu as raison d'être étonné car je peux te dire ce type est un pur expert. Il avait entre les mains un drone qui se plie comme un couteau suisse et il voulait réparer la commande d'un petit container situé sous le centre de gravité de l'appareil pour pouvoir larguer une mini charge solide ou liquide.

- D'après ce que j'ai compris de ce qu'il disait au vendeur, il étudierait l'apport automatique d'engrais au pied de plantes.

- Tu l'as interviewé ou quoi ?

- Oui et non. Non car au début j'ai seulement écouté. Oui car quand le vendeur est allé derrière chercher des éléments de microélectronique sur son établi, j'ai discuté avec lui et il m'a raconté ce qu'il faisait.

- Il est réparé son drone ?

- Absolument et il a commandé une trentaine de systèmes pour équiper un bataillon de drones pour une gigantesque exploitation agricole pour laquelle il travaille.

- Ils remplacent leurs latinos sans papiers par des drones ajouta Bruce songeur. C'est surement cela être moderne. Au moins le boulot sera bien fait ajouta-t-il un rien méprisant. (Et pourtant c'était un pur démocrate !)

Victor ne comprenait rien à cette histoire. Il était sûr de ne pas s'être trompé car il avait reconnu sur l'homme en question une espèce de pendentif très particulier qu'il avait déjà remarqué lors de son unique rencontre chez Ann.

Ce pendentif - probablement en bois - était rectangulaire, la grande longueur en verticale, avec une silhouette de dromadaire rouge sur un fond vert foncé. Il était accroché au cou par un mince ruban du même vert.

Il lui faudrait vérifier sur internet si cette marque était le symbole d'une association quelconque. En tout cas, elle n'était pas courante.

- *Autre chose ?* ajouta Victor

- *Son accent est assez prononcé mais pour l'électronique il a employé des termes techniques qui étaient très précis pour le vendeur mais que moi je ne connaissais pas tous. Un expert je te dis.*

- *Honnêtement, je ne sais pas trop quoi penser. Il ne peut pas être devenu expert en deux jours ! Donc chez Ann, il cachait son jeu et je me demande bien pourquoi.*

La discussion s'étant arrêtée, Victor ne voyait plus les constructions, la route et les voitures. Il repensait à l'attentat qui lui avait enlevé les deux êtres aimés irremplaçables qui lui manquaient tant.

Les six hommes abattus par la police tous musulmans intégristes « radicalisés » aux ordres de Daesh ressemblaient tant physiquement à Ashim que dès leur première rencontre chez Ann, il en avait été gêné. Il n'aurait pas su expliquer pourquoi d'ailleurs.

Ce mensonge à propos de l'électricité ne laissait pas de l'intriguer. Qui était Ashim ? Après un grand moment de silence, il se tourna vers Bruce

- *Raconte-moi un peu le barbecue de ce soir histoire de me faire rêver.*

.....

Vendredi 20h

Contrairement à ce que Victor avait craint un moment du fait de l'humeur un peu chagrine de sa fille, la soirée barbecue chez ses amis fut une parfaite réussite. Juliette était en mode « bonne humeur » malgré un trajet en voiture assez froid.

Antoine avait été absolument ravi de la surprise du « pick-up ». Il s'était immédiatement créé un circuit le long des différents meubles et il transportait de l'un à l'autre des petits cailloux pris le long de la terrasse sans se préoccuper des adultes.

La nourriture elle, était juste « gargantuesque ». Des viandes et des saucisses de toutes sortes, des salades et des sauces à profusion.

Jane avait préparé la veille des blancs de poulet dans une sauce assez relevée et après cuisson c'était un vrai régal.

Elle avait invité également un couple d'amis très proches et aussi Ann, la partenaire occasionnelle de bridge de Victor.

Victor se délecta du poulet grillé et se resservit copieusement. Il arriva enfin à coincer sa fille seule pendant un moment.

- *Je suis vraiment désolé pour ce matin. Je continue de penser, comme le policier d'ailleurs, que tu risques de mettre le doigt dans un drôle d'engrenage mais peu importe, je suis d'accord avec toi et j'aurais quand même dû te soutenir mieux. Quelle que soit ta décision…*

- *Mon Papa chéri, je t'adore et j'admire ta dialectique où tu mêles habilement excuses et rappel de ta position. Tu connais parfaitement ma décision et elle ne changera pas. Je vais faire une déposition et demander très officiellement une enquête sur la mort de Sue.*

- *S'il m'était arrivé la même chose, je suis sûre que tu apprécierais que quelqu'un vienne témoigner envers et contre tous et ce n'est pas parce que ses parents s'en fichent que je doive faire pareil.*

Victor étendit les mains devant lui en signe de reddition

- *OK ma fille, pas de problème, tu peux compter sur moi. Encore désolé. Vraiment. Je viendrai te prendre lundi matin pour aller voir la police.*

- *Ce ne sera pas utile en fait car ils vont passer me voir chez moi demain matin 9h à deux pour enregistrer ma demande. J'ai eu un sms tout à l'heure me proposant cette formule et j'ai accepté.*

Au moment où Victor allait lui répondre, Ann arriva avec une assiette débordant de saucisses.

- *Comment va mon partenaire de bridge préféré aujourd'hui ?*

- *Bien, très bien Ann, merci. Permets-moi de te présenter ma fille Juliette*

Les deux femmes éclatèrent de rire.

- *Cela fait presque une heure que Jane nous a présentées* répondit Ann

- *Et nous avons même eu le temps de dire du mal de toi* ajouta Juliette un rien espiègle

- *Bon OK, je me rends face à cette conspiration féminine* conclut Victor avec un sourire un peu forcé

- *Mon petit doigt me dit que vous avez un peu bousculé l'ordre établi dans le club de bridge bien policé de Newell* remarqua Juliette

- *Oui je me suis un peu lâché* avoua Victor *mais Ann qui aurait pu me prendre pour un fou m'a parfaitement suivi. C'était un très bon moment.*

Jane qui avait été discrètement chercher une énorme soupe de fruits dans le réfrigérateur pour le dessert vint les rejoindre, service terminé.

- *Tout va bien ? Vous avez encore faim ? Bruce notre grand chef s'est surpassé aujourd'hui* – alors qu'elle avait très probablement fait 90% du travail - *mais ce n'est pas tous les jours que nous avons nos amis français !*

Victor passa un bras par-dessus les épaules de Jane et lui fit deux bises sonores.

- *Et ce n'est pas tous les jours que je revois avec autant de plaisir des amis aussi chers à mon cœur répondit-il*

Bruce s'approcha de leur groupe une longue fourchette à la main, le visage coloré à force d'être proche du barbecue, toujours muni de son tablier de « fonction ». Il proposa une dernière assiette de viandes grillées que tous refusèrent avec force compliments pour le rôtisseur d'un soir.

La discussion continua ensuite à rouler sur les choses futiles que s'échangent des amis heureux de se voir. Un cercle réunissant tous les invités se forma naturellement, chacun trouvant de quoi s'assoir.

Tout en participant sans retenue aux échanges, Victor se senti quand même un peu meurtri de voir que sa fille s'était passée de lui pour organiser sa déposition, redoutant sans doute qu'il essaie encore de la dissuader.

Il se jura de faire tout pour la convaincre d'être présent avec elle le lendemain matin lorsqu'il la reconduirait après le repas.

CHAPITRE 6

Samedi matin 8h45

Une voiture de la police de Newell était garée dans la très large allée qui menait jusqu'à l'entrée de la maison. Victor, qui était dix minutes en avance, jura entre ses dents lorsqu'il comprit que c'était celle du capitaine Carson.

Tony, l'adjoint du capitaine, sortit aussitôt de la voiture lorsqu'il le vit et marcha vers l'arrivant :

- *Vous aussi vous avez été prié de ne pas être présent pour leur tête à tête ? demanda-t-il l'air un peu pincé*

- *Non, en fait je suis parfaitement à l'heure. Même en avance. Et personne ne m'a rien interdit. Vous êtes là depuis longtemps ?*

- *Je dirais une petite demi-heure. Le Capitaine n'a pas souhaité mettre une trop grosse pression à la dame en étant à deux en face d'elle. Et j'ai l'impression que mon patron n'a pas envie de vous voir car il m'a demandé de vous intercepter si vous deviez venir.*

Victor se dirigea vers la maison mais Tony l'arrêta aussitôt :

- *Soyez sympa, laissez-le travailler. Si je vous laisse passer je vais avoir un problème.*

- *Pourquoi le capitaine ne voudrait-il pas me voir ? J'étais plutôt de son côté hier ?* indiqua Victor

- *Vous avez pu constater que je n'étais pas présent moi hier donc je ne connais encore rien du dossier et des positions de chacun* répondit Tony

- *C'est légal cela d'empêcher quelqu'un qui n'a commis aucun délit d'aller et venir où il le souhaite dans votre pays ?* riposta Victor

- *Non, pas trop, mais le capitaine a insisté. Il n'est pas votre ennemi dans cette affaire vous savez. Cela fait six ans que je bosse pour lui et pas une fois je ne l'ai vu prendre une mauvaise décision. Il a senti que votre fille serait plus à l'aise en tête à tête. Laissez-le faire comme cela. Dans quelques minutes nous serons fixés.*

Tony n'arrêtait pas de parler comme si son tir de barrage verbal pouvait arrêter Victor. Ce dernier vit dans cet échange entre deux bannis l'occasion d'obtenir quelques informations. Il décida d'obtempérer tout en secouant la tête pour manifester ostensiblement sa désapprobation :

- *Bon OK, j'attends jusqu'à 9h. En tout cas c'est une très belle maison. Presque un château.* Ajouta-t-il en contemplant la propriété

- *Oui, il y en a quelques-unes comme celle-là dans cette résidence haut de gamme.*

- *Vous devez bien connaitre le propriétaire, non ?* demanda Victor

Tony regarda Victor et se posa manifestement la question de répondre ou non. Compte tenu de la situation, il se sentit obligé de lâcher du lest :

- *En fait, nous connaissons très bien le couple de gardiens qui est là depuis sa construction. Des gens sans problèmes qui ont des papiers en règle et qui vivent en Floride depuis longtemps. Dans les dossiers « immobiliers » de la ville, je crois me souvenir que le proprio était une société basée aux Bahamas mais il faudrait voir si c'est toujours la même…*

- *Vous n'avez jamais rencontré le représentant de cette société ?*

- *Non jamais. C'est une maison qui ne nous a causé aucun problème depuis que je suis à Newell. Peut-être le chef les connait-il mais si c'est le cas, il ne m'en a rien dit.*

Victor fit quelques pas pour tromper son impatience. Il faudrait qu'il passe discrètement au

« city hall » pour avoir l'information du propriétaire. Cela ne mangerait pas de pain de savoir qui hébergeait sa fille avec tant de luxe.

Il avait bien compris qu'elle irait jusqu'au bout de son idée mais connaissant bien les us et coutumes de ce pays qu'il maitrisait bien, il pensait toujours pouvoir l'aider dans sa démarche.

- *Dites, par hasard, c'était vous l'autre jour au tournoi de bridge de Newell ?* demanda Tony sans doute dans un souci de diversion

- *Vous voulez dire mardi dernier ?*

- *Oui mardi*

- *Oui c'était moi* confirma Victor

- *Ma femme a été très impressionnée par votre score.*

- *Merci. Vous êtes trop gentil. Nous avons eu un peu de réussite aussi. Il en faut pour faire un tel résultat.*

- *Moi je joue un peu, trop peu en fait pour être bon, mais je suis surtout le partenaire de mon épouse qui elle est classée. Je suis sûr qu'elle serait vraiment ravie de vous rencontrer.*

Victor était en train de réfléchir à ce qu'il allait répondre à cette invitation à peine déguisée lorsqu'il vit Fred Carson sortir sur le pas de la porte et faire un geste dans leur direction pour inviter son collaborateur à entrer. Il n'était pas certain que l'invitation s'adresse également à lui mais il emboita le pas derrière Tony.

Le capitaine salua Victor et ne put l'empêcher d'entrer en même temps que son adjoint :

- *Bien. Tony, tu ouvres ton ordi et nous allons prendre officiellement la déposition que Madame Juliette vient de me faire.*

Les trois hommes s'installèrent autour d'un petit guéridon où deux tasses de café indiquaient que c'était là qu'ils avaient échangé avec Juliette.

- *Votre fille revient dans un instant dit-il en se tournant vers Victor. Elle est partie chercher Maria qui va nous servir de témoin supplémentaire.*

La mise en forme de la déposition sous la dictée du Capitaine dura une douzaine de minutes. Cela correspondait exactement à ce que Juliette avait rapporté à son père. Fred n'oublia aucun détail et l'enregistrement de l'urgentiste fut également consigné, Tony devant en coucher le contenu intégral sur le papier lorsqu'il serait revenu au bureau.

Juliette embrassa son père très naturellement lorsqu'elle revint avec la gouvernante de la maison.

Fred Carson relu in extenso les notes de Tony et après correction de quelques menus détails, ils imprimèrent un document de trois pages. Juliette, Maria et les deux policiers signèrent la déposition de plainte contre X pour l'assassinat de son amie Sue.

Victor ne comprit pas pourquoi il avait été exclu de la réunion puisque, in fine, la déposition reflétait sans aucune concession ce que sa fille voulait témoigner. Le policier n'avait manifestement pas eu plus de poids que lui pour détourner Juliette de ce qu'elle voulait faire.

Enfin, le principal était que la balle était lancée telle que le voulait sa fille.

…

Samedi 10h

Après le départ de la police, Juliette offrit un café à son père. Celui-ci pu déambuler à nouveau dans la somptueuse partie centrale si originale de cette splendide maison et il reprit quelques photos. Ils se posèrent avec leur tasse dans le coin « bibliothèque » qui était proche de la grande cheminée.

- *Quand penses-tu repartir à New York ?*

- *Al arrive vers midi et nous allons passer l'après-midi et la soirée ensemble. Je repartirai probablement demain en début d'après-midi.*

- *Tu veux que je t'emmène à l'aéroport ?*

Juliette était absorbée dans une profonde réflexion et avant même qu'elle ne réponde, Victor ajouta :

- *Je peux aussi prendre Antoine avec moi aujourd'hui si tu veux un peu d'intimité avec Al*

- *Hein ?*

- *Je peux prendre Antoine avec moi aujourd'hui si tu veux être libre* répéta-t-il

- *Non pardon. Excuse-moi. J'étais ailleurs.*

- *Non, je le garde. Nous allons profiter de la piscine et du soleil. Il est fatigué et en a envie. Le programme est déjà fait en ce sens et ce soir je suppose que Al fera venir quelque chose de son restaurant italien favori. Je n'ai pas envie de sortir moi aussi ni de cuisiner.*

- Tu vas mettre au courant Al pour la police.

- Il est déjà au courant car je lui ai téléphoné ce matin avant qu'il ne prenne son avion. Je lui avais déjà dit que la police voulait me voir et c'est ce qui expliquait ma venue à Newell. Il ne comprend pas trop la raison d'un témoignage car je n'étais pas avec Sue juste avant sa mort. Et comme toi il dit que cela ne la fera pas revenir.

- Il a entendu l'enregistrement de l'urgentiste ?

- Non.

- C'est peut-être pour cela qu'il réagit ainsi. Honnêtement, j'ai été bouleversé par ce que le docteur a décrit et j'ai mieux compris ta position après. Tu vas lui faire écouter ?

- Je verrai. Selon le contexte et le contenu de nos échanges. Je ne sais pas. De toute façon, c'est fait. Je n'ai rien à dire de plus à la police et d'après le Capitaine Carson, je ne devrais pas avoir à témoigner encore pendant l'éventuel procès.

- On peut parler d'autre chose maintenant ? ajouta-t-elle

Victor et Juliette papotèrent un grand moment. Ils commencèrent à évoquer leur prochaine rencontre, probablement en France à l'occasion d'une semaine de vacances scolaires de fin d'année.

Ou peut-être à Tokyo au Japon où Victor devait démarrer sa prochaine mission de réorganisation dès la rentrée. Une nouvelle marque qui était en cours d'acquisition par son Groupe.

Lorsqu'Antoine descendit les retrouver, sa mère lui donna un muffin en guise de petit-déjeuner.

Victor emmena ensuite l'enfant marcher sur la plage toute proche encore déserte en ce milieu de matinée.

Le soleil était doux, le vent léger et l'enfant raconta son dernier jeu avec son nouveau pick-up, toujours avec des étoiles dans les yeux. Victor le relançait de temps à autre avec une question anodine. Il vécut cette demi-heure hors du temps avec son petit-fils comme un cadeau du ciel.

.....

Samedi 11h30

Revenu chez ses amis Jane et Bruce, Victor se retrouva soudainement inoccupé et clairement un peu perdu. Son agenda redevenait soudainement libre. Il était venu en Floride toutes affaires cessantes pour aider sa fille et trois jours plus tard, c'était déjà fini !

Et dans le fond, il n'avait rien fait ! Il éprouva une sensation de vide très désagréable. Il s'était préparé à passer de longues journées avec Juliette et Antoine et là, plus rien !

Ouvrant son ordinateur pour consulter ses messageries, il se souvint d'un coup qu'il avait souhaité trouver des informations sur le pendentif porté par Ashim. Un dromadaire rouge sur un fond vert foncé, presque vert « empire ».

Rapidement, il trouva sur internet un dromadaire – blanc celui-là – sur fond vert foncé. Relatif au Baloutchistan, une province réputée autonome du Pakistan, toujours plus ou moins en opposition avec le pouvoir central. L'ethnie principale est de religion musulmane mais apparemment sans lien avec les talibans extrémistes de cette région. Merci internet et Wikipédia !

La parfaite superposition du contour du dromadaire entre ce qu'il voyait sur internet et le souvenir du pendentif était tout à fait troublante. Evidemment, rouge au lieu de blanc signifiait probablement quelque chose, une différence. Mais quoi ?

Ashim était probablement pakistanais de passeport et baloutche de culture.

Après une demi-heure de recherches complémentaires, il en resta au même point et ferma son ordinateur, finalement pas plus avancé que cela.

……

Samedi 13h30

Après une salade vite expédiée, Victor se demanda ce qu'il allait faire de son après-midi. Il avait rendez-vous pour diner avec Ann et devait passer la prendre vers 17h30. Ses amis étant partis pour un check-up médical programmé depuis des mois, il décida d'aller chez Ann.

Grande surprise chez sa complice de bridge lorsqu'il sonna chez elle

- *Salut Victor, tu es super en avance*

- *Désolé Ann je te dérange peut-être*

- *Non pas du tout, je prenais un café. Entre.*

Ann le précéda sur sa terrasse et sorti un mug pour le servir.

- *Il y a un problème pour ce soir ?* demanda-t-elle soudain inquiète en remarquant son visage pas vraiment rayonnant.

- *Non non, pas du tout au contraire, mais ma fille est occupée et mes amis sont partis en ville alors… alors je me suis dit que je serais aussi bien avec toi…*

Ann regarda sa montre :

- *Je suis désolée mais je vais aussi te faire faux bond car j'ai rendez-vous chez mon esthéticienne puis chez le coiffeur. Je pars dans cinq minutes.*

Elle n'ajouta rien mais Victor comprit qu'elle allait se « faire belle » pour lui et leur diner. Ce qui rajouta un cran à son humeur pour le moins perturbée.

Comme Victor restait muet, Ann ajouta :

- *Tu peux rester là si tu veux. Te reposer ou regarder quelque chose à la télé.*

- *J'ai mon ordi dans la voiture, je vais travailler un peu et tu as raison, je vais me reposer.*

Tandis qu'elle prenait son sac et ses clés de voiture, Ann précisa en riant :

- *En plus, tu ne risques pas d'être gêné par mon locataire cette fois car il m'a dit hier soir qu'il passait le week-end du côté « Atlantique » chez des amis à Fort Lauderdale. Il est parti tôt ce matin. Allez, à plus.*

…..

Samedi 15h

Victor avait « nettoyé » assez vite ses deux boites mails et il se retrouva à nouveau désœuvré. Il hésita entre faire une balade à pied et tenter une sieste tranquille. Il finit par s'allonger sur le divan et la dernière phrase d'Ann ramena ses pensées sur l'inconnue « Ashim ».

Penser au locataire d'Ann lui passa l'envie de dormir et il décida d'aller faire un tour dans le studio. Qui que ce soit qui le surprenne là-bas - Ashim ou Ann revenant pour une raison inconnue - il pourrait toujours invoquer un quelconque problème électrique nécessitant une visite inopinée au boitier principal.

Victor resta planté un long moment dans l'entrée du studio une fois la porte refermée. Soudainement méfiant, il regarda attentivement si Ashim n'avait pas une caméra « mouchard » comme il en avait lui-même installé dans ses deux propriétés.

Regardant le sol, il fut immédiatement tenté de remettre « droit » le tapis noir et blanc qui n'était pas bien posé comme la dernière fois dans l'alignement des meubles mais devenant subitement paranoïaque, il y vit une volonté d'Ashim de voir s'il y avait eu visite ou pas. Au cas où il le déplacerait sans faire exprès, Il prit une photo pour repérer parfaitement comment il était posé.

Il fit deux pas pour ouvrir le boitier et après l'avoir ouvert et examiné l'ensemble des connexions, il retourna chez Ann chercher un papier et un crayon. Il nota avec précision l'utilité de chaque mini disjoncteur. Certains étaient identifiés par une petite étiquette, d'autres non mais il put néanmoins reconstituer la fonction de la majorité d'entre eux. Une des barrettes avait été rajoutée pour le studio et il trouva facilement à quoi correspondaient chacun des disjoncteurs.

De façon surprenante et en dehors du réfrigérateur, le studio ne comprenait que la seule prise près du bureau permettant de brancher télé, ordi, lampe de bureau et autres appareils nécessitant une recharge d'énergie.

S'il devait recharger ses drones, Ashim passerait obligatoirement par cette prise.

Cela donna à Victor l'idée saugrenue de « piéger » la prise afin que la sécurité de ce disjoncteur interrompt le fonctionnement après seulement quelques dizaines de secondes. Le locataire serait obligé de faire appel à Ann ou il devrait s'y coller lui-même pour retrouver un service normal. Il lui fallut une bonne demi-heure pour effectuer le changement qu'il avait en tête.

Remettant soigneusement le tapis en place avant de refermer, il se fit la réflexion que son geste était bien puéril et même carrément inconvenant si d'aventure Ashim n'avait aucune activité illégale. Il sourit néanmoins de ce bon tour qu'il jouait à cet énigmatique inconnu.

CHAPITRE 7

Samedi 20h30

Sitôt entrés dans la maison, Ann disparut quelques minutes pour se laver les mains.

- *Tu veux un peu de vin ?* cria-t-elle du fond de sa salle de bains

- *Oui volontiers*

- *Je te laisse choisir une bouteille dans ma cave derrière la cuisine – un petit souvenir de mon ex-mari.*

Victor découvrit dans une armoire à température contrôlée une cinquantaine de bouteilles avec une majorité de shiraz et de malbec d'Argentine. N'étant pas un grand expert, Il finit par prendre un malbec de la région de Mendoza dont l'étiquette particulièrement sobre et originale lui rappela sa maison du bord de mer : une tour crénelée stylisée simplement appelée « La Torre »

La bouteille débouchée, Ann et Victor s'enfoncèrent dans le divan qui faisait face à la télé. La soirée avait été jusque-là particulièrement réussie, l'ambiance décontractée chic du restaurant de bord de mer, la température idéale, le homard fabuleux et un dessert à base de chocolat noir étonnant.

Ann était comme prévu très en beauté dans une robe noire pleine de dentelles qui la mettait parfaitement en valeur. Leurs échanges durant le repas avaient surtout évoqué leurs voyages et vacances passés respectifs et les endroits où ils rêvaient d'aller dans le futur.

Victor aurait été incapable de l'expliquer précisément mais il redoutait – le mot était sans doute un peu fort - le moment où ils se retrouveraient à refaire les gestes qui les avaient précipités l'un vers l'autre quelques jours avant.

Et pourtant Ann n'attendait visiblement que cela. L'esthéticienne, le coiffeur, la robe, les hauts talons qu'elle avait négligemment enlevés avant de rabattra les jambes sous elle lorsqu'elle s'était lovée dans le divan.

Elle avait un peu forcé sur le sauvignon blanc qu'elle avait souhaité pour accompagner le homard et ses yeux étaient un peu brillants. Victor qui conduisait et qui préférait le vin rouge n'en avait bu qu'un verre.

Sans allumer la télévision, Ann avait mis une musique de jazz très agréable et l'un et l'autre se posèrent tranquillement, échangeant des banalités en sirotant de temps à autre un peu de malbec.

......

Samedi 23h45

Victor s'éveilla soudain, sans doute à cause du silence qui avait suivi l'arrêt de la musique. Il mit du temps à réaliser où il était. Il s'était endormi dans le divan, comme un bébé, sous la double caresse du jazz et du malbec.

Une seule lampe murale distillait encore une faible lumière. Ann n'était plus là. Il sortit son téléphone pour regarder l'heure. Il avait dû dormir un peu plus d'une heure. Et finir par décourager sa compagne…

Après quelques minutes de réflexion, il se leva sans faire de bruit. La porte de la chambre était entre ouverte et Ann était en travers du lit, tournée sur un côté, habillée de ses seuls sous-vêtements, sa robe noire faisant un petit tas sur une chaise près du lit. La tête sur un oreiller, elle laissait filtrer un petit sifflement à chaque respiration. Elle aussi avait sombré dans le sommeil. A croire que le vin argentin les avait anesthésiés !

Le malaise qu'il avait profondément ressenti après les évènements de la matinée avec sa fille était toujours là. Il se sentait complètement vide et inutile et cette sensation lui était particulièrement désagréable.

Il aurait dû être plus présent, plus incisif. Ce que Juliette, qui le connaissait bien attendait sans doute. Il fallait qu'il retourne la voir. Qu'il tente sa chance même à cette heure avancée. Si elle était encore debout, il essaierait de lui parler.

Ne voulant pas faire de bruit et risquer de la réveiller, Victor décida de prendre les clés de la petite voiture électrique d'Ann, plus silencieuse que sa voiture thermique de location. Il sortit de la maison avec mille précautions et vérifia que la charge de la batterie était suffisante. Il prit la route vers la résidence où dormait sa fille.

Arrivé en vue du portail d'entrée, il se rendit compte que la voiture d'Ann n'était pas enregistrée auprès du gardiennage de la résidence où était sa fille et il ne se sentit pas de palabrer à cette heure avec le poste de garde.

En plus, obnubilé par le désir d'aller la retrouver sans délai, il en avait oublié ses papiers et son téléphone.

Deux cents mètres plus loin après l'entrée de la résidence, il y avait un parking le long de la mer, parking souvent plein en milieu de journée mais qui à cette heure était quasiment vide, un seul véhicule était garé – des amoureux du samedi soir sans doute –

Après avoir éteint ses phares, il se gara le plus loin possible d'eux et resta un moment sans bouger. Il se remit en tête la situation de la maison par rapport à la plage, plage qu'il avait très opportunément arpentée le matin même avec son petit-fils.

La nuit était particulièrement noire et il ne distingua aucun mouvement dans l'autre voiture. Il sortit et resta accroupi un moment derrière son véhicule. Toujours aucun mouvement venant l'autre voiture. Pour ne pas allumer les feux de détresse lors de la fermeture, il laissa la voiture ouverte et se dirigea vers la plage.

La légère concavité de la plage à cet endroit de la côte faisait qu'il voyait les lumières des différentes constructions du bord de mer très très loin, jusqu'au « pier » en bois de Naples qui s'enfonçait dans la mer.

Dans d'autres circonstances, il aurait probablement trouvé le spectacle formidable. Mais là, sa tête était ailleurs et il ne voyait même pas le bout de ses pieds dans cette partie de la plage où les maisons étaient séparées du rivage par une végétation poussant au ras du sol.

Il lui fallut dix bonnes minutes pour approcher et identifier l'immense construction « Emerald » où était Juliette. C'était la deuxième de la résidence à partir de ce côté de la plage. Il avança doucement et retrouva sans trop de difficultés la barrière en bois qui matérialisait l'entrée de la propriété côté mer.

Barrière symbolique car jamais fermée à clé.

Reprenant son souffle il s'approcha doucement de la piscine extérieure. La maison était complètement plongée dans l'obscurité.

En arrivant sur le plancher de teck qui entourait la piscine, il s'arrêta et mesura d'un seul coup le ridicule de sa démarche. Son côté « Don Quichotte ». Il n'allait tout de même pas réveiller tout le monde en pleine nuit parce qu'il se sentait mal à l'aise. Tout cela parce qu'il ressentait un vague sentiment de culpabilité !

Avant de faire demi-tour et de repartir comme il était venu, il scruta une dernière fois l'immense façade vitrée toute sombre qu'il avait tellement admirée de l'intérieur.

Une lueur orange troua brusquement le noir de la maison avec un très léger bruit qui aurait pu passer pour l'ouverture d'un bouchon de champagne. Un coup de feu ? Victor resta tétanisé un moment.

Aussitôt le premier moment de surprise passé, il pensa que sa fille et son petit-fils étaient peut-être en danger.

Avec un minimum de réflexion bien rationnelle, il aurait compris que la meilleure solution était d'appeler la police. Encore eut-il fallu qu'il ait avec lui son téléphone. Au pire, il aurait pu alors courir jusqu'à la voiture pour trouver un endroit d'où appeler.

Là, sans vraiment réfléchir, il se dirigea vers la maison.

Arrivé au coin de la piscine, il se dirigea vers le côté de la maison où il savait pouvoir trouver la clé de secours. Petit à petit, ses yeux s'étaient accoutumés à l'obscurité. Il pouvait maintenant se mouvoir sans trop de difficulté.

Il farfouillait dans le coin où était la clé lorsqu'il entendit le bruit étouffé de la fermeture de la porte d'entrée ainsi que ce qu'il prit pour des pas. Il traversa rapidement le bout de gazon qui longeait la construction et s'accroupit sous un arbre inconnu dont le feuillage descendait jusqu'à terre.

Victor sentit son cœur battre à fond et ses poils se hérisser sur toute sa peau, jusqu'à lui faire mal. Ses intestins commençaient à lui faire comprendre que la situation devenait hors de contrôle, potentiellement très dangereuse.

Instinctivement, il avait fermé les yeux devant le danger. Le petit bruit, presque un frôlement, qui l'avait inquiété s'était pourtant arrêté. Il attendit un long moment en respirant sans bruit.

Des pas très feutrés se firent entendre à nouveau. Ouvrant les yeux, il distingua vaguement une ombre qui avançait avec précaution le long de la maison vers la piscine et la mer.

Plus tard, il s'interrogerait bien sûr sur cette ombre. Un homme ? Une femme ? Probablement un adulte vu la taille ? Impossible de dire plus.

Il attendit plus de dix minutes. Son pouls redevint à peu près normal lorsqu'il sortit de sa cachette. L'ombre étant partie, il décida de rentrer dans la maison.

…

Dimanche entre1h et 2h

La porte s'était ouverte sans difficulté et Victor resta dans l'entrée complètement immobile à écouter les bruits. Rien. Il referma la porte. Un silence minéral l'accueillit.

Il prit le grand escalier fait de pierres qui ne risquait pas de grincer. Arrivé sur la mezzanine, il retrouva un peu de luminosité qui filtrait par la grande baie du fond. La porte de la chambre d'où était sortie Juliette était ouverte. La pièce était vide et le lit n'avait pas été utilisé. Il inspecta rapidement les deux chambres adjacentes qui étaient vides elles aussi.

Que s'était-il passé ? Où étaient-ils ? Il s'accouda un moment sur la rampe qui ceinturait la mezzanine. Pas de mouvement ni de bruit. Il redescendit par le même chemin et entra dans la partie centrale.

Une odeur fade pas très agréable qu'il n'avait pas remarquée en haut flottait dans l'air. Victor était maintenant complètement lucide. Il avait constaté que sa fille et son petit-fils n'étaient pas là et cela lui sembla suffisant pour légitimer sa présence et continuer son « inspection ».

Contournant le divan du coin bibliothèque, il buta sur quelque chose qu'il n'avait pas pu voir et manqua de s'étaler de tout son long. En tâtonnant, il ramassa un objet mou recouvert de tissu avec plusieurs pattes et deux grandes oreilles d'éléphant. Sans même bien le voir, il crut reconnaitre le doudou d'Antoine. Il le serrât contre lui et retrouva l'odeur de l'enfant. C'était bien le doudou Baba.

Le calme relatif qu'il avait retrouvé quelques minutes avant disparut aussitôt. Antoine sans son doudou, cela voulait dire qu'il y avait un problème. Un gros problème. Immédiatement, une angoisse diffuse le rattrapa. Victor se posa la question d'allumer ou pas car l'oubli de son téléphone ne lui permettait pas d'avoir de lumière autonome.

Et si l'ombre de tout à l'heure revenait ? Et si les employés se réveillaient ? D'un seul coup, il se dit qu'une maison de cette importance devait avoir une alarme. Et peut-être aussi des caméras « mouchard ».

Le doudou Baba sous un bras, il se dirigea vers la paroi vitrée qui fournissait le peu de lumière disponible. Arrivé derrière l'espace « salle à manger », l'odeur devint acre et carrément difficile à supporter. Il distingua une masse sombre par terre derrière une chaise qui était tombée.

C'est à ce moment qu'une porte s'ouvrit et que les spots situés sous la mezzanine s'allumèrent tous en même temps. Instinctivement, Victor s'était laisser glisser sur le sol dès qu'il avait entendu le bruit de la porte. Il entendit quelqu'un se moucher et, peu après ressortir. Probablement un des employés qui faisait une ronde ou qui avait entendu un bruit suspect.

Aussi vite allumé, aussi vite éteint. Tout redevint noir. Il avait eu le temps de voir à quelques mètres que la masse sombre était un homme assez jeune, inanimé à plat ventre sur le sol, origine très probable d'une odeur de sang et d'excréments très désagréable.

Pris de tremblements qu'il pouvait difficilement réprimer, cette découverte le décida à quitter les lieux le plus vite possible.

Pendant le chemin inverse vers le parking, il se posa mille questions. Qui était cet homme ? Qui l'avait tué ? Il se rappela que Fred et Tony avaient évoqué quelqu'un appartenant à « une organisation criminelle puissante ». Tout cela le dépassait complètement.

Où étaient Juliette et Antoine ? Sa seule source de relatif optimisme était leur absence de la maison même si la présence du doudou restait anormale. Devait-il appeler la police et tenter de justifier ensuite sa présence ? L'idée même d'expliquer sa démarche lui parut tirée par les cheveux.

Tout en conduisant pour rentrer chez Ann, Victor ne savait plus vraiment quoi penser. Le coup de feu – car la lueur orange était sans doute un coup de feu – le mort étendu par terre. Mais était-il vraiment mort ? Le doudou retrouvé et ses chéris envolés... Peut-être fallait-il quand même prévenir la police ? Mais le croirait-on quand il raconterait son périple ? Quand il parlerait de l'ombre qui avait quitté la maison ? Il décida de laisser passer le reste de la nuit et d'attendre le matin suivant.

Après tout, il n'avait rien à faire dans cette maison et il n'y avait rien fait.

....

Dimanche 2h15

Victor rangea soigneusement la voiture et entra dans la maison sans bruit. Ann ronflait doucement avec la régularité d'un métronome. Il la retrouva dans la même position. Il se déshabilla, ferma les lumières et avec d'infinies précautions, il réussit à rabattre la couette sur elle sans la réveiller.

Les yeux grands ouverts dans le noir, il passa en revue plusieurs fois sa folle équipée. Quelle histoire incroyable. Le sommeil le terrassa enfin au bout d'un long moment alors même qu'il cherchait toujours à trouver où pouvait se trouver sa fille.

CHAPITRE 8

Dimanche 8h30

Le téléphone sonna un bon moment avant de passer sur l'enregistreur. Ann ouvrit un œil et ramena vivement la couette sur elle en découvrant un Victor quasi nu à ses côtés. Son regard fut d'abord peu amène mais il s'adoucit immédiatement en voyant la tête interrogative et l'air coupable de son compagnon.

- *Bonjour !* dit-elle – *c'est bien ce que l'on dit lorsque l'on découvre un homme dans son lit le matin non ?*

- *Bonjour Ann* répondit Victor en passant ses deux mains dans les cheveux afin d'y remettre un peu d'ordre. *C'était ton téléphone ?*

- *Oui sans doute. Mais ce ne doit pas être important car sinon, il aurait sonné à nouveau* répondit-elle avec un sourire.

Victor qui n'avait gardé que son slip sortit du lit et s'éclipsa rapidement vers la salle de bains.

- *Je peux prendre une douche ?* cria-t-il derrière la porte

- *Bien sûr, les serviettes sont dans le petit meuble à gauche*

Ann et Victor se retrouvèrent vingt-cinq minutes plus tard dans la cuisine, elle en robe de chambre et lui déjà rhabillé.

Ann fut la première à évoquer leur soirée de la veille.

- *Ça s'est terminé très bizarrement notre soirée non ?*

- *Oui, je suis vraiment désolé. Je n'ai pas assuré. Le malbec m'a complètement assommé.*

- *Quand même, tu aurais pu me réveiller quand tu es venu te coucher*

- *Tu sais, quand je me suis réveillé dans le divan, j'étais réellement perturbé et à ton tour tu dormais si bien…que…que je n'ai pas voulu te réveiller.*

Victor comprit aussitôt à voir la tête boudeuse d'Ann que sa réponse n'était pas suffisante. Il avait réfléchi à la dernière soirée pendant sa douche et avait décidé de ne pas l'impliquer dans son histoire et par voie de conséquence de ne pas lui avouer avoir emprunté sa voiture. Il enchaina rapidement :

- *J'ai vraiment passé un moment inoubliable avec toi avant cette panne totale de lumière* – Ann s'esclaffa lorsqu'il utilisa le mot panne – *et tu n'es vraiment pas du tout en cause.*

Il continua :

- *Ma première décision est de ne plus jamais boire de malbec de ma vie !* dit-il d'un ton solennel – Ann continua de rire de bon cœur – *Ma deuxième décision est de t'inviter à nouveau et de garder suffisamment d'énergie pour mieux terminer la soirée !*

Cette fois, Ann garda des yeux rieurs et un franc sourire.

- *OK, deuxième résolution accordée. J'ai cru un moment que tu me fuyais ! Non, sans rire. Sur le coup j'étais vraiment fâchée, fâchée et malheureuse. Mais je t'accorde volontiers que le malbec était redoutable car pour moi aussi, sitôt allongée, je me suis endormie comme une masse.*

Un portable se mit à sonner, celui de Victor. Ce dernier se leva pour prendre l'appel :

- *Bonjour Victor, c'est Tony de la police de Newell*

- *Bonjour Tony*

- *J'aurais besoin de vous voir au bureau tout de suite*

- *Mais je croyais que tout était clair avec ma fille. Pourquoi voulez-vous me voir ?*

- *Venez, je ne peux rien dire au téléphone.*

- *Je peux quand même terminer mon petit-déjeuner ?*

- *Je vous attends* conclut Tony en raccrochant

Victor reposa son appareil et se tourna vers Ann

- *La police de Newell veut me voir rapidement. Sans doute encore au sujet de ma fille*

Il termina tranquillement son petit-déjeuner.

- *On remet cela ce soir ici ?* demanda Ann. *Je préparerai une grande salade César. Bien sûr, je te laisse apporter le vin* ajouta-t-elle avec espièglerie.

- *Sans problème. J'apporterai aussi un dessert. Bonne journée.*

Victor prit sa voiture et se dirigea vers Newell.

Vu la demande pressante de Tony dont il soupçonnait l'origine, Il décida de faire un crochet par la résidence où était sa fille pour prendre des nouvelles avant d'aller voir Tony. Il apprendrait peut-être quelque chose de nouveau ?

….

Dimanche 10h15

C'était exactement comme dans les séries télévisées policières : Esmerald était fermée par un cordon policier fait de trois véhicules de police et d'un ruban fluo bien visible. Deux voitures banalisées et une ambulance étaient garées le long de la route et deux reporters télé étaient à côté du policier de garde interdisant le franchissement du ruban. Pas de curieux toutefois dans cette résidence où tout était calme et feutré.

Victor gara sa voiture derrière l'ambulance et vint aux nouvelles. Il avait déjà essayé de joindre sa fille trois fois, sans succès, la dernière dans la voiture en arrivant. Peut-être les employés d'Esmerald avaient-ils des informations ?

- *Interdiction de passer, scène de crime* indiqua le planton

- *Le capitaine Carson est là ?* demanda Victor

- *Oui mais il enquête et ne veut voir personne*

- *Pouvez-vous lui dire s'il vous plait que Victor est inquiet et qu'il le demande.*

- *Victor ?*

- *Oui Victor, il me connait bien et c'est très important*

- *OK. Alors vous attendez là et personne ne franchit le ruban en mon absence* indiqua-t-il avec un coup d'œil appuyé pour les reporters

Ces derniers s'approchèrent en hâte du nouveau venu :

- *Une déclaration à faire pour Naples-On-Line ? Vous êtes de la famille ?*

- *Non, merci, je n'ai rien à dire* répondit Victor en tournant la tête sans donner aucune autre précision

Le reporter fut un peu déçu et il lui glissa néanmoins une carte de visite dans la main. A tout hasard expliqua-t-il

Le policier revint rapidement au bord de la rue avec son patron Fred quelques pas derrière lui. Ce dernier avait l'air particulièrement grognon :

- *Bonjour Capitaine. Avez-vous des nouvelles de ma fille car je n'arrive pas à la joindre*

- *Pourquoi voulez-vous la joindre ?* demanda le policier sans sourire

- Je dois l'emmener à l'aéroport et je souhaite savoir l'heure exacte à laquelle je dois la prendre. Nous en avons déjà parlé mais je préfère être sûr.

- Votre fille n'est pas là.

- Pas là ? Mais je ne comprends pas, c'est ici que je l'ai laissée hier et c'est là que je dois la reprendre.

- Non, je vous répète qu'elle n'est pas là et je n'en sais pas plus que vous la concernant.

- Manifestement Capitaine il y a un problème dans cette maison vu le déploiement de police et l'ambulance

- Je ne peux rien vous dire d'autre Victor. Votre fille n'est pas là et ce qui se passe ici ne vous concerne pas.

- Vraiment désolé Capitaine mais j'ai laissé ma fille et mon petit-fils ici hier et donc ce qui s'est passé ici me concerne au premier chef

Fred Carson fit un geste d'énervement vivement réprimé. Victor continua :

- D'ailleurs pourquoi votre adjoint veux-il me voir toutes affaires cessantes si je ne suis pas concerné ?

- *C'est lui que j'ai nommé pour diriger l'enquête concernant cette maison et il doit établir une chronologie précise des allées et venues de chacun.*

Victor n'insista pas. Il comprit qu'il ne tirerait rien de bon d'un affrontement direct avec Fred Carson devant son subordonné d'autant que les reporters revenaient vers eux.

- *Attention Capitaine, ça se décolle* dit Victor en montrant à Fred Carson son avant-bras droit sur lequel baillait un gros pansement

Le policier tourna les talons en grommelant un vague merci et en fustigeant tous les barbecues du monde et le sien en particulier.

Victor remarqua devant l'annexe des gardiens que ces derniers avaient l'air de tourner en rond sans pouvoir aller dans la maison principale. Il aurait bien aimé leur parler mais la police le ferait surement. Il décida de se rendre au poste.

....

Dimanche 11h

- *Pensez-vous que j'ai besoin d'un avocat ? Et d'un traducteur assermenté officiel ?*

Tony se gratta la tête comme s'il n'avait pas compris la question. Il avait mis Victor dans la seule salle d'interrogatoire du poste de Newell et avait installé méticuleusement son matériel d'enregistrement. C'était sa première affaire en tant que responsable de l'enquête et il voulait s'assurer que la procédure soit parfaitement suivie

- *Vous êtes là en tant que simple témoin et je pense qu'à ce stade, vous n'avez besoin ni de l'un ni de l'autre.*

- *Soyez gentil alors de préciser que l'américain n'est pas ma langue maternelle et que cela peut amener des confusions, et dans ma compréhension des questions, et dans mon expression orale de mes réponses.*

- *Mais vous parlez très bien notre langue !*

- *Pour des choses simples oui cela va bien mais j'insiste pour que vous enregistriez ce que je vous ai demandé.*

Tony ouvrait avec Victor les interrogatoires préliminaires concernant les personnes qui avaient été dans la maison à un moment ou un autre dans les derniers jours, et il commença à se dire que ce témoin a priori coopératif allait être plus compliqué que prévu. D'un coup, il le trouva beaucoup moins sympathique.

Après avoir enregistré le préambule demandé et les questions d'identité, Tony entra dans le vif du sujet :

- *Pouvez-vous me dire très précisément quand vous êtes allé dans la maison appelée Esmerald ?*

- *Mon premier contact avec la maison date de mercredi midi. J'ai amené ma fille et mon petit-fils de l'aéroport et après avoir enregistré ma voiture au poste de gardiennage, je les ai laissés devant la porte d'entrée.*

- *Vous n'êtes donc pas entré*

- *Non*

- *Continuez* demanda Tony après un silence qui lui avait paru un peu trop long

- *Mon deuxième contact a été jeudi matin. Je suis passé en début de matinée vers 8h30 pour les emmener passer la journée plus au nord sur la côte. Ils n'étaient pas encore prêts et en les attendant, la gouvernante - Maria je crois - m'a fait visiter la maison.*

- *Quelles parties de la maison ?*

- *Un peu tout, l'entrée, les deux escaliers, les mezzanines, les chambres d'amis puis ensuite elle m'a montré la partie centrale du bas avec la belle statue.*

- *Vous avez touché des choses ?*

- *Touché ?*

- *Oui avec vos mains. Laissé vos empreintes si vous préférez*

- *Oui probablement. Sur la rambarde de la mezzanine c'est sûr, sur quelques portes aussi. Ah, j'ai été aux toilettes invités du bas également.*

- *Je prendrai donc vos empreintes tout à l'heure. Continuez*

Victor prit le temps de rassembler ses souvenirs avant de répondre :

- *J'ai ensuite fait beaucoup le taxi, jeudi soir tard au retour de notre journée de balade, vendredi matin aller et retour pour venir chez vous, vendredi soir aller et retour encore pour une soirée chez des amis. Pour les heures, vous aurez les horaires exacts de mes entrées et sorties au poste de garde j'en suis sûr. Je ne suis pas rentré dans la maison sauf jeudi soir où j'ai porté Antoine endormi jusque dans sa chambre.*

- Ensuite ?

- Bah ensuite c'est samedi matin avec vous.

- Allez-y. Précisez bien les choses car vous étiez encore dans la maison lorsque nous sommes partis.

- Après votre départ, j'ai pris un café dans un coin de la partie centrale avec ma fille – la bibliothèque je crois - puis après j'ai fait un tour sur la plage avec mon petit-fils.

- Vers quelle heure la plage ?

- Entre 10 et 11h environ.

- Autre chose que vous aimeriez ajouter ?

- Bien oui, ma fille a disparu et elle ne répond pas au téléphone. Je souhaite que vous la recherchiez.

- Non, je voulais dire autre chose concernant la maison

- *J'ai bien compris mais moi je veux que vous retrouviez ma fille car elle devrait être dans cette maison et elle n'y est pas.*

- *Comment savez-vous qu'elle n'est pas dans la maison ?*

- *C'est votre chef qui me l'a dit il y a un quart d'heure*

Tony se plongea un moment sur les notes qu'il avait prises.

- *Donc en résumé, la dernière fois que vous avez vu…*

- *Que j'ai vu ma fille dans cette maudite maison le coupa Victor, c'est hier samedi matin vers 11h. Depuis, rien. J'ai essayé en vain de l'avoir au téléphone.*

- *Quand ?*

- *Quand quoi ?*

- *Depuis quand ne répond-t-elle pas ?*

- *Mon premier appel était ce matin vers 8h à peu près.*

- *Bien, je mets au propre la partie concernant Esmerald et vous pourrez partir*

Tony s'était levé en prononçant la dernière phrase qui pour lui marquait la fin de l'entretien

- *Je veux aussi faire une déclaration officielle de disparition pour ma fille*

- *Elle est majeure non ?*

- *Et alors ?*

- *Alors c'est trop tôt. De plus, j'ai convoqué les deux gardiens de la maison et ils ont peut-être des informations.*

- *Je vous promets de vous tenir au courant* ajouta rapidement Tony en voyant la mine renfrognée de son vis-à-vis.

Victor s'apprêtait à contester de nouveau quand son téléphone sonna. C'était Ann. Il s'excusa auprès de Tony et sortit dans le couloir pour prendre l'appel

- *Victor, peux-tu venir vite s'écria Ann en larmes*

- *Tu as un problème ?*

- *Oui, c'est Ashim*

- *Tu vas bien ?*

- *Oui, oui, moi ça va, mais lui ce n'est pas terrible. J'ai appelé les secours*

- *J'arrive* répondit-il en raccrochant vite afin de ne pas étaler sa vie devant le policier.

Il signa sa déposition après l'avoir relue en détail. Il lui fallut aussi sacrifier à la prise d'empreintes qui lui prit bien dix minutes de plus.

In petto, il était content d'avoir réussi à ne pas mentir tout en cachant son escapade nocturne mais l'inquiétude concernant la disparition non expliquée de sa fille commençait à le tarauder.

Il essaya de rappeler Ann dès qu'il fut dans la voiture mais elle ne décrocha pas.

CHAPITRE 9

Dimanche 13h

Décidemment, c'était pour Victor la matinée des ambulances ! Après celle devant Esmerald, c'est devant chez Ann qu'il vit la deuxième. Quelques voisins habitants de son quartier faisaient le pied de grue un peu à l'écart de la maison. Pas de reporters ni de police cette fois.

Victor du se garer un peu plus loin avant d'approcher. D'autorité, il fendit sans rien dire le petit groupe de curieux et se dirigea vers la porte ouverte du studio où vivait le locataire d'Ann. Ce dernier était allongé et sanglé sur une civière et un des pompiers était à côté de lui surveillant de près son état. L'autre était auprès d'Ann en train visiblement de faire un rapport sur une tablette.

- *Que s'est-il passé ?* demanda Victor à Ann sans entrer complètement dans la pièce

Ann se dirigea vers lui avec un pâle sourire :

- *Je ne sais pas* répondit-elle. *D'un seul coup le courant a été coupé chez moi pendant que je cuisinais et lorsque je suis venue voir le compteur, Ashim était par terre en se tordant de douleur. J'ai appelé les secours aussitôt et je t'ai appelé.*

- *Il a dit quelque chose ?*

- *Non rien* l'interrompit le pompier à la tablette, *il est dans une espèce d'état second. On a pu stabiliser tant bien que mal ses fonctions vitales mais il est beaucoup trop choqué pour parler. Apparemment, il s'agit d'une électrocution car tout était disjoncté et il est un peu brulé au visage. J'ai coupé le disjoncteur principal à notre arrivée. Et voyez tout ce bricolage électrique autour de lui* dit-il en montrant le désordre ambiant et la chaise renversée.

- *Il va s'en sortir ?* demanda Victor

- *Difficile à dire mais a priori oui car il a peu de brûlures externes. Maintenant, il faut faire des examens complets pour voir l'ampleur des dégâts à l'intérieur.*

Victor nota auprès de la chaise renversée des pinces, quelques outils, une loupe, un téléphone, des fils électriques et divers petits composants électroniques, des morceaux de plastique et ce qu'il prit pour un drone.

Un appareil qui avait perdu quelques ailes dans la chute ainsi que sa batterie qui était détachée. Pour quelqu'un qui soi-disant avait peur de l'électricité !

Le studio si bien rangé habituellement semblait avoir subi un tremblement de terre.

Leur dossier administratif rapidement terminé, les pompiers emmenèrent Ashim avec précaution dans leur véhicule. Ann qui suivait la civière leur demanda où ils l'emmenaient :

- *Probablement à l'hôpital de North Naples où il y a un bloc spécialisé dans ce type d'accidents domestiques. Soyez gentille de prévenir sa famille* ajouta le pompier à la tablette avant de monter dans son camion.

Dès que le véhicule fut reparti, Ann se retrouva naturellement entourée des voisins qui avaient sagement attendu des nouvelles. Pendant ce temps, Victor resta dans l'entrée du studio. Il brulait d'impatience de voir ce qui s'était passé car la manipulation qu'il avait faite sur la prise de courant ne pouvait logiquement pas avoir causé ce type de problème. Normalement !

Après quelques minutes, Ann revint vers lui :

- *Il est bien sympa le pompier mais je ne connais pas sa famille moi, ni ses amis. Je n'ai personne à prévenir*

- *Tu as regardé dans son portefeuille ?*

- *Non, sur le coup, je n'y ai pas pensé. Tu sais, ça m'a fait un choc de le voir se tordre par terre. Et maintenant, ils ont emmené ses papiers d'identité et son portefeuille dans un sachet en plastique pour l'admission à l'hôpital et pour quand il se réveillera m'ont-ils dit. C'est noté dans leur rapport.*

- *Il avait une assurance habitation ce monsieur ?*

- *Oui, ça je le sais, j'en suis sûr car je lui avais demandé au moment de conclure la location*

- *Je te conseille de les prévenir*

- *OK* dit-elle, *je le ferai par mail tout à l'heure et demain par téléphone car aujourd'hui c'est dimanche*

Tous deux restèrent un moment à contempler les lieux

- *Je vais remettre le courant dans ta partie* proposa Victor

- *Tu es certain que tu ne risques rien* interrogea Ann un peu inquiète. *Je peux appeler le fournisseur d'électricité.*

- *Non, sûr. Rentre chez toi remettre tes appareils en route. Je te rejoins d'ici un quart d'heure le temps de remettre un peu d'ordre dans tout ce bazar*

Une fois seul, Victor commença par remettre le courant dans la maison après avoir mis sur « off » la barrette correspondant au studio. Il fit quand même un saut rapide dans la maison pour vérifier que cela remarchait normalement :

- *Tout va bien ?*

- *Oui ça marche*

- *Je reviens vite*

La prise de courant située près du bureau était noircie, complètement calcinée. Victor fut étonné qu'il n'y ait pas eu de départ de feu. Le plastique avait été déformé par la chaleur et avait partiellement fondu laissant une masse indistincte et sale sur la cloison.

Il était impossible en quelques minutes d'analyser ce qui s'était passé. Victor avait pourtant envie de retirer le dispositif qu'il avait mis en place mais le seul moyen était de tout démonter. Là pour le coup, cela laisserait des traces !

De quel droit pourrait-il le faire d'ailleurs ? Un expert serait probablement nommé par l'assurance et il ne devait pas y toucher. Il finit par se rassurer en se disant que son ajout avait été très probablement cramé comme le reste suite au court-circuit.

Après une minute de réflexion, Victor décida de ranger sommairement ce qui était tombé et de regrouper tout sur le bureau. Près de ce dernier, un gros sac de voyage entrouvert laissait voir un matériel électronique important.

Comme ce sac n'était pas relié directement à l'accident, Victor décida de le prendre afin d'en faire l'inventaire plus tard. Vu l'état d'Ashim, il serait toujours temps de le remettre en place avant son retour. Au dernier moment, il glissa le téléphone dans le sac.

Il recula sa voiture, mis le sac dans le coffre et referma le studio.

.....

Dimanche 14h

Ann était prostrée dans un grand fauteuil en osier de sa terrasse. Elle leva des yeux tristes lorsque Victor revint dans la maison. Elle avait pleuré.

- *Quelle histoire !* dit Victor faute de savoir quoi dire d'autre

- *By by mon locataire* répondit-elle avec une petite moue de déception. *Il ne voudra jamais remettre les pieds ici.*

- Sauf s'il reconnait avoir été à l'origine du problème. Tu as vu tout le matériel qui était par terre ?

- Ouais, mais même si c'est le cas, il ne va pas le crier sur les toits….

Victor marchait de long en large sur la terrasse. Après une très courte nuit et un petit déjeuner sommaire, il commençait sérieusement à avoir faim. Il sentit qu'il fallait secouer Ann.

- Aller, viens. On va prendre quelque chose à manger sur le pouce sur le chemin de l'hôpital et ensuite on y ira voir ton ami Ashim proposa-t-il

- OK, je vais me refaire une tête et j'arrive.

….

Dimanche 16h30

Il y avait très peu de voitures dans le parking de l'hôpital en ce dimanche après-midi et ils se garèrent facilement.

Victor avait auparavant emmené Ann dans un petit restaurant qui donnait sur « Venetian Bay » et qui offrait un point de vue panoramique sur des propriétés superbes situées au bord de l'eau. L'air était très agréable sous le parasol qui les gardait du soleil. Ils avaient pu décompresser un peu en grignotant quelques « french fries » avec un verre de sauvignon.

Au moment de descendre, Ann se tourna vers son compagnon :

- *Au fait, tu ne devais pas conduire ta fille à l'aéroport ?*

Victor avait choisi jusque-là de ne pas reparler de sa fille. Il se voyait un peu comme un « chat noir » ce dimanche avec la disparition de sa fille puis l'électrocution d'Ashim. Ann avait déjà suffisamment sur les épaules avec la perte potentielle de son locataire.

- *En fait, je ne t'ai pas dit mais Juliette et Antoine ont disparu*

- *Quoi !*

- *Oui, c'est pour cela que la police a voulu me voir ce matin. J'attends des nouvelles d'un instant à l'autre*

- *Disparus ?* insista-t-elle

- *Oui et elle ne répond pas à son téléphone*

- *Qu'est-ce que tu vas faire ?*

- *Je ne sais pas encore*

…..

Dimanche 18h

Victor et Ann attendaient le médecin urgentiste de garde depuis plus d'une heure. A l'accueil, la seule information disponible était que Ashim était en soins intensifs depuis son arrivée. Victor voyait l'heure passer comme dans un brouillard. Pas de nouvelles du locataire, pas de nouvelles non plus de sa fille qu'il appelait régulièrement.

Il avait décidé de téléphoner toutes les heures et à chaque fois, le téléphone de cette dernière était fermé. Il se décida à appeler Tony au poste de police de Newell pour savoir s'il avait des nouvelles mais le planton de garde lui répondit qu'il n'était pas là.

Au moment où ils allaient partir, un médecin encore habillé comme un cosmonaute arriva sans hâte vers eux :

- *Bonjour Madame* dit-il à Ann, *vous êtes l'épouse du Monsieur arrivé en début d'après-midi ?*

- *Non, pas du tout. Il loge chez moi et comme je ne lui connait aucune famille, je suis juste venu voir comment il allait. J'ai mon ami Victor qui m'accompagne.*

- *Les dernières nouvelles ne sont pas très bonnes* enchaina-t-il en commençant à se dépouiller de ses gants et des couches de textiles protectrices qui recouvraient ses bras. *Son cœur n'a pas bien supporté et il est encore entre la vie et la mort.*

- *Non !* cria Ann

- *Nous avons fait tout notre possible Madame. Je suis vraiment désolé* ajouta-t-il en voyant Ann qui avait mis ses deux poings devant sa bouche.

- *Il va s'en sortir ?* demanda-t-elle

- *Je ne peux pas faire de pronostic. Nous en saurons plus après la première nuit. C'est du 50-50.*

Le médecin tendit à l'hôtesse d'accueil différentes feuilles sans autre commentaire.

- *Je vous laisse mettre à jour le dossier* lui dit-il. *J'ai téléphoné à la police de Newell avant de descendre car c'est quand même un accident qui sort de l'ordinaire. S'ils passent après mon départ, vous leur donnerez aussi une copie du dossier des pompiers en plus du nôtre.*

L'espace d'un instant, Victor s'éloigna un peu et se dit pour lui-même « Putain je l'ai peut-être tué ».

Ann continuait toujours à questionner le médecin.

Il refit dans sa tête pas à pas tous les gestes de ce qu'il avait ajouté à la prise. « Non, aucune chance que cela vienne de moi » se dit-il pour se rassurer. Mais une erreur est toujours possible. Seule l'expertise de la prise donnerait la réponse. Enfin, peut-être…

Au moment où il revenait vers Ann et le médecin, la porte d'entrée s'ouvrit sur le Capitaine Carson

…..

Dimanche 19h30

S'il avait été surpris de la présence de Victor, le Capitaine n'en avait rien laissé paraitre.

- *C'est moi qui prend en charge l'enquête de routine sur l'accident de votre locataire* expliqua-t-il à Ann.

Il demanda à Victor de patienter à l'accueil de l'hôpital tandis qu'il prenait la déposition d'Ann.

Ensuite, il lui demanda de venir avec lui au poste de police « pour parler de sa fille ».

Ann comprit lorsque Victor lui donna ses clés de voiture qu'elle ne le reverrait pas avant un bon moment. Et que leur soirée était d'ores et déjà fichue.

- *A quel titre étiez-vous à l'hôpital ?* demanda le policier dès qu'ils furent dans la voiture

- *Ann est une amie et elle m'a appelé lorsque l'accident est arrivé.*

- *Vous la connaissez depuis longtemps ?*

- *Non, seulement depuis mardi. Nous avons bridgé ensemble au club de Newell.*

- *Vous avez une idée pour l'accident.*

- *Non*

- *Vous aviez déjà vu son locataire ?*

- *Oui, le mardi soir en fin d'après-midi. Il était venu dire à Ann que son chauffe-eau ne marchait plus.*

- *Et … ?*

Le Capitaine sans en avoir l'air tirait tranquillement sur un fil. Il devait être en train de vérifier ce que Ann lui avait dit. Victor se dit que le mieux était de coller à la vérité car il était probable qu'Ann n'avait rien dissimulé car elle avait rien à cacher.

- *Nous sommes allés le voir et Ann a remis le disjoncteur relai du chauffe-eau sur « on ». Elle m'a dit que depuis la dernière grosse tornade, c'était déjà arrivé.*

- *C'est tout ?*

- *Oui, nous sommes repartis et le problème avait été réglé*

- *Elle n'a rien dit d'autre ?*

Victor jeta un regard au policier qui restait impassible au volant de sa voiture. « Poker face » aurait dit un de ses bons amis. Son visage, rétro éclairé dans la nuit naissante par le tableau de bord, ne laissait filtrer aucun sentiment.

- *Si, elle m'a dit qu'elle pensait qu'il avait une sainte horreur de l'électricité et qu'elle s'était même demandé si cela avait à voir avec sa religion*

- *OK, merci*

Fred Carson gara sa voiture devant le poste de police où toutes les fenêtres étaient encore éclairées.

- *Tony va vous donner quelques informations concernant votre fille. Je lui ai envoyé un texto pendant que nous étions à l'hôpital et il nous attend*
-

…..

Dimanche 20h15

Au bout d'un moment, Victor finit par éclater de colère :

- *Cela fait un quart d'heure que vous me baladez ! En fait, vous me faites venir au poste pour me dire que vous n'avez rien à me dire ! Si c'est une plaisanterie, elle est de mauvais goût !*

Tony regarda son patron qui ne se décidait pas à prendre la parole et à le conforter dans sa « langue de bois ». Il décida de lâcher quelques informations :

- *J'ai interrogé les deux employés d'Esmerald et ils n'ont pas vu votre fille pour le diner*

- *Elle m'avait pourtant dit qu'elle passerait l'après-midi à la piscine et qu'ensuite, avec son ami Al, Alexander si vous préférez, ils resteraient dans la maison pour diner.*

- *Les deux employés l'ont vue et servie pour la dernière fois à la piscine vers 12h30 et après ils sont allés déjeuner chez eux. Lui a fait une sieste comme d'habitude jusqu'à environ 16h et elle, Maria, n'est retournée à la maison que vers 16h30 pour nettoyer la cuisine. Ils n'ont pas spécialement fait attention mais ils ne l'ont pas vue ni à l'intérieur, ni à l'extérieur pendant ce laps de temps.*

- *Et que vous a dit Alexander ?*

- *Rien car il n'est pas venu*

- *Pas venu ?*

Tony jeta à nouveau un œil vers le Capitaine qui discrètement lui fit signe de continuer

- *Non, il a envoyé un texto à Maria le matin disant qu'il ne pouvait pas venir et qu'il avait prévenu votre fille. Il est resté à New York.*

Victor se prit la tête dans les mains. Quand était-elle partie ? Avait-elle eu peur de quelque chose ? Ou de quelqu'un ? Elle savait peut-être déjà quelque chose quand ils prirent ensemble un café ?

Pourquoi n'avait-elle rien dit ? Il se remémora d'un seul coup le doudou d'Antoine qu'il avait ramassé la nuit d'avant. Il fallait bien qu'ils soient partis dans l'urgence pour l'oublier.

Les évènements de la nuit avaient sans doute et même surement à voir avec le départ de sa fille. Victor mourrait d'envie de demander qui était tombé sous un coup de feu mais il n'était pas sensé le savoir.

- *Pourquoi y avait-il une ambulance ce matin si mes enfants étaient partis, Al pas venu et les employés sans problème ?* se permit-il de demander

- *Désolé Victor, cette partie-là ne vous concerne pas* interrompit Fred intervenant pour la première fois dans l'échange. *Je crois que Tony vous a dévoilé l'essentiel. Votre fille a quitté la maison avec votre petit-fils entre 12h30 et 16h30. Point. Ça c'est sûr. Comme vous, nous n'avons pas pu la joindre au téléphone. Si elle n'a pas donné de nouvelles dans les 48h, je propose que vous demandiez officiellement qu'on la retrouve.*

Voyant immédiatement l'agacement de Victor concernant le côté administratif évoqué, Fred continua très vite

- *Rassurez-vous, cela ne nous empêche pas de la rechercher dès maintenant comme témoin potentiel dans l'affaire que vous n'avez pas à connaitre. Avant son départ, elle a peut-être vu ou entendu quelque chose qui peut nous aider.*

Victor prit d'un seul coup dans l'estomac tout ce qu'il venait d'entendre. Il en avait assez pour aujourd'hui. Il n'avait plus envie de parler. Il fallait qu'il décante, qu'il réfléchisse à tête reposée.

La seule certitude au final, c'est qu'elle avait quitté la maison bien avant l'épisode du coup de feu. « Libre ou sous la contrainte, ça c'est encore une autre histoire se dit-il »

- *Merci beaucoup pour toutes ces informations. Pouvez-vous me ramener chez mon amie maintenant ?*

- *Tout de suite répondit Fred*

CHAPITRE 10

Lundi 8h30

Victor gara sa voiture devant Esmerald. Un ruban de la police interdisait toujours l'accès à la maison principale. Il se dirigea vers l'annexe.

La veille au soir, il avait terminé la journée complètement épuisé ! Ni Ann ni lui n'avait le cœur à la fête. Ann s'était couchée avec un calmant dès son retour et il avait passé le reste de la soirée chez ses amis Jane et Bruce pour leur raconter le double problème qu'il avait vécu.

Lui aussi avait pris un cachet pour dormir et ce matin, il voulait absolument savoir quand sa fille avait eu l'information pour Al. L'idée qu'elle lui avait peut-être menti le perturbait.

Peut-être aussi les deux employés avaient-ils des choses à lui apprendre ?

Maria qui devait avoir un radar ouvrit sa porte avant même qu'il ne toque.

- *Bonjour Monsieur*

- *Bonjour Maria, comment allez-vous ?*

Maria ouvrit ses bras et leva la tête au ciel

- *Mal, très mal. Je ne comprends toujours pas ce qui s'est passé hier.*

- *Avez-vous des nouvelles de Juliette ?*

- *Non Monsieur, aucune. Je ne l'ai pas vue partir. Et vous ?*

- *Non, rien. Je ne lui ai pas parlé depuis que je suis passé samedi matin. Avez-vous eu des nouvelles d'Al peut-être ?*

- *Non, pas depuis qu'il m'a dit qu'il ne pouvait pas venir.*

- *Vous savez s'il a eu des nouvelles de Juliette ?*

- *Non, en fait, je n'ai pas eu de contact avec lui depuis son texto.*

- *A quelle heure le texto ?*

Victor avait manœuvré pour que sa demande n'apparaisse pas comme la raison principale de sa visite et la réponse vint naturellement

- *11h10 samedi* dit-elle après un coup d'œil sur son téléphone. *J'ai prévenu Madame Juliette aussitôt.*

- *Vous savez ce qui s'est passé dans la maison ?*

- *J'ai … J'ai découvert un corps hier matin….*

Maria se mit un instant les mains sur le visage avant de continuer, manifestement émue

- *Il était 7h et demie et j'allais préparer le petit déjeuner comme à chaque fois qu'il y a des invités. Je ne comprends pas ce qui s'est passé. Nous n'avons vu personne entrer dans la maison et mon mari n'a rien vu pendant sa ronde de la nuit*

Victor revit l'espace d'un instant l'ouverture des lumières aussitôt éteintes quand il y était et se fit la réflexion qu'avec cette manière de faire les rondes il ne risquait pas de voir grand-chose.

- *Vous connaissiez la personne morte ?*

- *Je ne sais pas car je n'ai pas vraiment vu son visage. Il était sur le ventre la tête dans un bras. J'ai eu vraiment très peur. J'ai appelé la police aussitôt sans rien toucher et après, je n'ai pas eu l'autorisation de retourner dans la maison.*

- *Incroyable !*

- *Comme vous dites, incroyable.*

- *Je vais vous laisser mon téléphone Maria. N'hésitez pas à m'appeler si vous apprenez quelque chose. Pouvez-vous le passer à Al et lui demander de m'appeler s'il vous plait ?*

- *Ce sera fait Monsieur* répondit-elle en prenant sa carte de visite.

En retournant vers sa voiture, Victor fut un peu rassuré que sa fille ne lui ait pas menti lorsqu'il l'avait rencontrée. Ce qui ne changeait strictement rien à la soudaineté de sa disparition.

Quelque chose s'était donc passé après que Maria lui ait donné l'information de l'absence de Al. Mais quoi ? Et qui était ce cadavre que Maria n'avait pas pu identifier ?

….

Lundi 9h30

En ressortant de la résidence, Victor se souvint qu'il avait toujours dans son coffre le sac d'Ashim.

La fatigue de la veille et sa quête matinale d'information ne lui avaient pas laissé le temps de l'inventorier.

Il alla se garer dans le parking qu'il avait utilisé le samedi soir. Il y avait déjà quelques voitures au plus près de la plage. Des joggeurs probablement. Il se mit à l'opposé, presque à l'endroit où était la voiture « des amoureux » de l'autre soir.

Assis sur la banquette arrière de la voiture et le sac entre les jambes, il commença à sortir des drones un à un. Une trentaine. Ces derniers étaient tous pliés. Des engins neufs qui avaient encore un film de plastique autour pour les protéger. Il y avait encore tout un tas de petits cubes noirs creux en plastique, des vis et des outils.

Il trouva aussi deux flacons dont l'étiquette était écrite dans une langue qu'il pensa être de l'arabe sans en être sûr. La seule chose reconnaissable étaient deux pictogrammes indiquant qu'il s'agissait de produits dangereux.

Victor arrêta aussitôt son inventaire. Son début d'enquête concernant Ashim lui parut soudainement déplacé. Cela ne le concernait pas et il n'avait d'ailleurs aucun moyen ni aucune légitimité pour aller plus loin.

Il remit tout en place et se décida à appeler la police pour leur donner le sac.

.....

Lundi 11h30

Fred Carson se passa la main sur le front, comme s'il pouvait enlever de sa tête ce qu'il venait d'entendre. La police était bien souvent confrontée à des situations insolites mais là, il n'en revenait pas. Gardant son calme, il prit la parole :

- *C'est une très grave interférence dans une enquête de police que vous venez d'avouer. Vous pouvez m'expliquer ce qui vous a pris de prendre ce sac ?* demanda le policier.

- *La curiosité.*

- *…. ?*

- *Oui la curiosité. Je n'ai pas vraiment réfléchi. J'avais envie de savoir.*

- *La curiosité….*

- *Si vous me donnez dix minutes Capitaine je vous raconte tout. Et vous verrez comme moi que j'avais des bonnes raisons d'être curieux. Vous pouvez d'ailleurs m'enregistrer.*

- *Racontez-moi d'abord et je verrais ensuite s'il y a lieu de vous interroger officiellement*

Victor repris donc depuis le début, depuis la panne de chauffe-eau. - Ça m'a mis la puce à l'oreille cette soi-disant incapacité de remettre sur « on » de la part d'un homme instruit de son âge – jusqu'à l'épisode du « flee-market » - là il avait clairement menti à Ann en disant qu'il ne touchait pas l'électricité – Il cachait manifestement quelque chose.

- *J'ai même imaginé qu'il préparait un attentat ou quelque chose comme cela* ajouta Victor

- *Vous lisez trop de romans policiers* rétorqua Fred un peu amusé

Fred ne pouvait évidemment pas connaitre son histoire personnelle et sa paranoïa rampante en face d'un individu comme Ashim.

- *Vous trouverez aussi un téléphone dans le sac. Il était tombé par terre et plutôt que de la laisser sur le bureau avec le reste, je l'ai mis dans le sac pour le regarder plus tard*

- *Vous l'avez ouvert*

- *Non*

Le capitaine se renversa dans son fauteuil se demandant vraiment ce qu'il allait faire de son vis-à-vis. Après quelques instants de réflexion, il exposa sa décision :

- *Sauf si votre amie Ann m'a désobéi, personne n'est encore allé dans le studio. Officiellement, nous dirons que c'est moi – chargé de l'enquête sur cet accident suspect - qui a ramené ce sac ici. Vous de votre côté n'avez fait que ramasser tout ce qui trainait par terre pour le mettre sur le bureau.*

- *Et mes empreintes sur ce qui était dans le sac ?*

- *La curiosité mon cher. Vous m'avez avoué aujourd'hui que vous avez regardé dans le sac quand vous avez rangé, sans rien prendre.*

- *OK. Merci. Je suppose que je dois vous remercier*

- *De rien. Nous sommes tous un peu perturbés par ce qui s'est passé ce week-end et c'est bien que vous soyez passé ce matin pour ramener ce sac. On fait comme on a dit.*

Ashim et son sac derrière lui, Victor brulait d'envie de parler de sa fille

- *Vous pensez que je peux voir Tony pour savoir où il en est pour ma fille ?*

- *Il est parti au siège du comté rencontrer le procureur nommé sur cette affaire. Vous pourrez l'appeler cet après-midi mais je crains qu'il n'ait pas beaucoup plus d'informations.*

- *Merci Fred. Je l'appellerai*

....

Lundi 13h

Victor était en train de rêvasser assis dans sa voiture se demandant ce qu'il allait faire en attendant d'appeler Tony lorsque son téléphone sonna

- *Bonjour Monsieur, c'est Alexander l'ami de votre fille*

- *Bonjour Al, moi c'est Victor*

- *OK Victor, vous avez demandé que je vous appelle*

- Absolument. Vous êtes au courant je suppose que Juliette a disparu ?

- Oui Maria m'a informé. Je ne comprends rien à cette situation. Juliette ne m'a pas prévenu, elle ne m'a rien dit.

- Puis je vous demander pourquoi vous n'êtes pas venu à Newell ce week-end ?

- C'est très simple. Je trouvais inutile que Juliette revienne sur la mort de cette pauvre Sue. Aucune action ne peut malheureusement la faire revenir à la vie. J'ai donc plusieurs fois demandé à Juliette de ne rien faire mais votre fille est … elle est très …

- Têtue oui je sais

- Elle voulait absolument que la police enquête pour un meurtre et non pas pour un accident. J'ai fini par accepter de venir dimanche. En espérant secrètement la faire changer d'avis. Quand elle m'a appelé le samedi matin pour me dire que sa déposition était déjà faite, je n'étais pas content et le midi, j'ai décidé de ne pas venir. J'en ai averti Maria le lendemain.

- Pourquoi ne l'avez-vous pas appelée ?

Un grand silence s'installa soudain. C'est Victor qui fut obligé de reprendre la parole :

- *Al, pourquoi ne l'avez-vous pas appelée directement ?*

- *Manque de courage peut-être, colère après elle surement. Je lui en voulais. Beaucoup même. Je ne suis pas certain que j'aurais trouvé les bons mots. J'ai préféré qu'on en parle en tête à tête à son retour.*

- *Je comprends*

- *Vous trouvez probablement que je suis lâche*

- *Non, pas du tout. Avant d'arriver ici, je pensais comme vous. Mais les circonstances de la mort de Sue font effectivement plus penser à un meurtre qu'autre chose.*

- *C'est la police qui vous l'a dit ?*

- *Je vous laisse en reparler avec Juliette quand vous la verrez.*

- *Et de votre côté, vous avez de ses nouvelles ?* demanda Al

- *Aucune et je commence à être vraiment très inquiet de sa disparition.*

Victor repensa à nouveau au doudou Baba oublié qui matérialisait son inquiétude. Il ne souhaita pas évoquer cette anomalie. Cela ne concernait pas

Al. Il avait d'ailleurs senti que sa fille se posait des questions sur sa relation future avec lui.

En revanche, Victor aurait bien aimé en savoir plus sur la maison. Al en était-il le propriétaire ? Malgré sa curiosité (curiosité maladive aurait dit Fred), il décida de ne pas aborder le sujet maintenant.

- *Le premier d'entre nous qui a des nouvelles appelle l'autre ?* ajouta-t-il

- *Absolument Victor. Merci de cet échange. A très bientôt j'espère.*

- *A bientôt*

…..

Lundi 13h30

- *Alexander ?*

- *Oui*

- *C'est Victor à nouveau, je vous dérange ?*

- *Non allez y je vous en prie*

- *Vous savez ce qui s'est passé dans votre maison ?*

- *Officiellement je ne suis pas sensé savoir car la police ne m'a pas encore contacté mais Maria m'a raconté le peu qu'elle savait*

- *C'est bizarre que la police ne contacte pas le propriétaire d'une maison alors même qu'elle y a mis les scellés*

Al ne répondit pas tout de suite à cette interrogation indirecte

- *Je ne peux pas vous expliquer par téléphone* finit-il par dire *car c'est un peu compliqué mais cette maison est en copropriété. Alors la police a sans doute appelé quelqu'un d'autre.*

Victor se souvint de son échange avec Tony sur le fait que le propriétaire était une société domiciliée dans un paradis fiscal. Fred avait complètement raison, il était trop curieux. Curieux et démuni !

- *Vous n'allez donc pas venir sur place ?*

- *Non. C'est sans doute la police de New York qui va m'interroger.*

- *Vous ne connaissez donc pas le mort ?*

- *Non, aucune information pour l'instant*

……

Lundi 15h

Au troisième essai, Victor pu enfin avoir Tony. Comme Fred l'avait prédit, ils n'avaient aucune nouvelle de Juliette. Aucune apparition de son passeport, pas de mouvement sur ses cartes bancaires, pas de billet d'avion, de train ou de car, pas de location de voiture et un téléphone désespérément fermé. Tony avait appelé son employeur qui n'avait pas de nouvelles. Tout se passait comme si elle avait disparu de la surface de la terre.

Sentant le désespoir de Victor, Tony relativisa aussitôt

- *Nous épluchons ses dépenses avant le week-end car elle a pu anticiper certaines choses. J'ai fait aussi le tour de tous les hôpitaux publics et privés des comtés de Collier et Lee. Sans résultat.*

- *Elle a donc complètement disparu !* insista Victor. *C'est incroyable ! Comment est-ce possible ?*

- *Passez nous voir demain matin pour officialiser sa disparition et nous ferons un point avec le Capitaine* répondit Tony

Victor sentit qu'il commençait à devenir un peu fou. Comment une jeune femme ne connaissant personne dans cette région et affublée d'un enfant de cinq ans pouvait-elle disparaitre ainsi ?

Il se rappela les paroles du Capitaine lorsqu'il avait vu la photo du dénommé Greg : une organisation criminelle puissante. Etait-il possible qu'ils soient déjà au courant de la déposition ? Avaient-ils quelque chose à voir avec sa disparition ?

Pourtant habitué à se confronter à des situations difficiles, Victor se sentait complètement flotter.

CHAPITRE 11

Mardi 9h

Victor avait attendu presque une demi-heure au milieu des plantes vertes avant que les deux policiers ne l'invitent à entrer. Il avait très mal dormi, réveillé sans arrêt par des pensées confuses tournant autour d'Esmerald. Des cauchemars plutôt.

Après les salutations d'usage, Tony fut invité par son supérieur à faire le point :

- *Ecoutez… c'est assez simple en fait… je n'ai rien de nouveau. Rien. Votre fille et son fils ont disparu de la surface de la terre ! Nous avons étendu hier les recherches à l'ensemble de la Floride. Rien.*

Fred et Victor se regardèrent. Ce dernier se prit la tête entre les mains, une tête qui faisait machinalement non.

Cela faisait trop d'heures qu'il subissait et ce matin il avait décidé en se levant qu'il fallait bouger, qu'il fallait donner un bon coup de talon dans le fond de la piscine pour remonter :

- *Messieurs, quelles sont les différentes hypothèses ?*

Tony jeta un œil à son patron un peu étonné par cette injonction

- Je n'en vois que deux : soit elle est partie volontairement, soit elle a été contrainte de le faire.

- Dans les deux cas, elle est partie entre 12h30 et 16h30 c'est-à-dire en plein jour ajouta Victor. Avez-vous vérifié dans la résidence si quelqu'un a vu quelque chose ? demanda Victor

- Nous avons demandé à tous les habitants de la résidence et aucun, sauf un absent pour deux jours, n'a vu quoi que ce soit. Je reverrai l'absent demain.

- Et le poste de garde ?

- J'ai personnellement regardé leur cahier d'entrées sorties et tous les propriétaires de voitures qui sont passés pendant le créneau qui nous intéresse ont été rencontrés, y compris deux invités extérieurs que j'ai pu retrouver.

- Je sais que la route fait un petit coude mais en se tournant, le garde a une vue partielle sur l'entrée d'Esmerald. Il n'a rien vu ? insista Victor

- Le garde de l'après-midi prend son poste à 12h15 et il n'a pas bougé et rien vu. Il n'est sorti de sa cahute que vers 17h pour se dégourdir les *jambes et satisfaire un besoin naturel, donc après la fourchette horaire qui nous intéresse.*

Tony regarda une de ses fiches

- *Il est aussi sorti à la demande du chef pour aller voir au bout de leur route s'il y avait un accident. A tout casser, cela lui a pris quelques minutes. Il a dit que c'était vers 13h.*

Victor se tourna vers Fred dans l'attente d'une explication.

- *J'ai reçu un coup de fil au 911 un peu avant 13h me disant qu'il y avait un accident dans le grand virage qui passe devant la résidence. Avant d'envoyer une équipe, j'ai pensé au garde de cette résidence et je lui ai demandé de courir voir. Il est revenu quelques minutes plus tard en me disant qu'il n'y avait rien. C'était un mauvais canular ou l'accident s'était passé bien avant et il n'y avait plus rien.*

- *Donc d'après votre enquête, elle n'est pas partie par la route* conclut Victor

- *Non aucune chance*

Les trois hommes se regardèrent un moment

- *Donc, si elle n'est pas partie par la route, elle est partie par l'eau puisque j'imagine que s'il y avait eu un hélico quelqu'un l'aurait entendu* conclut Victor

- *Vous allez un peu vite en besogne* le reprit Fred, *elle a pu partir à pied par la plage et prendre une voiture sur le parking qui est dans le grand virage extérieur à la résidence.*

Victor ne connaissait que trop bien ce chemin pour l'avoir utilisé l'autre nuit.

- *Oui aussi, vous avez raison, c'est une autre possibilité. Dans tous les cas, elle avait dû contacter quelqu'un auparavant. Il y a forcément un complice – ou un kidnapper – vous avez regardé son téléphone ?*

Fred regarda avec un certain respect ce civil qui analysait avec beaucoup de rigueur les faits en leur possession

- *Rien sur son téléphone déclaré à son nom* indiqua Tony. *Si elle a communiqué avec l'extérieur, c'est avec un prépayé.*

Nouveau moment de réflexion autour de la table. Comme Tony était en charge de l'enquête, il se sentit obligé de reprendre la parole :

- *Donc elle a pu partir sans que personne ne la voit et elle avait forcément un complice – ou quelqu'un qui l'a contrainte.*

- *En supposant qu'elle soit partie de son plein gré sans contrainte, rien ne justifie qu'elle ne donne pas de nouvelles* précisa Fred

- *Je ne peux pas imaginer qu'elle ne m'ait pas appelé si elle avait été libre* compléta Victor

Leur conclusion commune les laissa un peu sans voix. Elle était donc partie sous contrainte avec son fils – mais sans le doudou se dit Victor.

- *Qui ?* demanda Victor au bout d'un moment. *Peut-être pouvez-vous me parler du mort que vous avez trouvé maintenant ? Il y a forcément un rapport. Un lien.*

- *Je crains…* commença Tony

- *Stop ! Je connais votre réponse. Je n'ai pas à connaitre de ce meurtre. Je sais. Mais il s'agit de ma fille nom de Dieu !* hurla Victor. *Et de mon petit-fils !*

Fred se leva lentement

- *Café ? thé ? Quelques muffins ?*

- *Thé pour moi* répondit machinalement Victor

- *Je vais t'aider* indiqua Tony en se levant pour accompagner son patron

Ils revinrent une dizaine de minutes plus tard avec boissons et pâtisseries. Ils en avaient profité pour se concerter sans doute. C'est Fred qui reprit la parole.

- *Nous savons qui est mort dans la maison. C'est un truand qui est déjà passé entre nos mains mais contre lequel nous n'avons rien pu prouver. L'autopsie sera faite rapidement et nous dira comment il est mort.*

Toujours pressé, Victor faillit parler du coup de feu

- *Nous avons retrouvé une voiture qui est probablement la sienne.* continua Fred. *A ce stade de l'enquête, il n'apparait pas concerné par la disparition de votre fille. D'après une de ses cartes de crédit, il a mangé à Fort Myers avec une fin de repas à 16h40 ce qui fait qu'il ne pouvait pas être à Esmerald avant 17h30.*

- *A qui appartient cette fichue maison ?* demanda Victor

- *Impossible de savoir encore* répondit Fred, *Il y a au moins 2 sociétés écrans en cause. Peut-être de l'argent sale. J'ai passé la recherche au FBI qui est infiniment mieux équipé que nous et qui travaille sur ces types d'escroquerie. A priori, c'est une histoire de jours pour y voir plus clair.*

Victor regarda tour à tour les deux policiers :

- *Si je résume, quelqu'un a enlevé ma fille et mon petit-fils. Personne n'a rien vu. Personne n'a téléphoné pour une rançon.*

- *C'est sûr que pour une rançon, dans plus de 90% des cas, la famille a une demande dans les premières 24h* indiqua Tony

- *Vous voulez dire que s'il n'y a pas de demande de rançon, c'est que l'on a juste voulu les faire disparaitre. Et si cela avait à voir avec sa déposition ?*

- *L'enquête ne fait que démarrer* indiqua Fred. *Il est trop tôt pour aller plus loin dans les hypothèses*

- *Samedi midi jusqu'à ce matin cela fait trois jours déjà* riposta Victor

- *N'en rajoutez pas Victor. Nous avons eu l'info de sa disparition dimanche matin c'est-à-dire il y a tout juste deux jours, et dedans il y a un dimanche. Tony et les différentes équipes n'ont pas chômé*

Victor se leva et commença à faire les cent pas dans le bureau

- *En quoi puis je vous aider* demanda-t-il en regardant les deux policiers

- *Ne vous fâchez pas tout de suite* répondit Tony *car vous n'êtes en rien soupçonné de quoi que ce soit mais pouvez-vous me dire votre emploi du temps dans la période où votre fille a disparu.*

Devant la mine étonnée et limite agressive de Victor, Tony précisa sa demande :

- *Le jour où cette affaire passera en justice, le juge me reprocherait cet oubli dans la procédure.*

Victor se calma aussitôt :

- *J'ai quitté ma fille vers 11h et je suis rentré chez mes amis Jane et Bruce. Nous avons déjeuné et ensuite vers 14h je suis allé chez Ann où je suis resté tout l'après-midi. Nous avons été diner vers 17h30 à l'extérieur et ensuite nous avons passé la nuit ensemble jusqu'au matin de dimanche où vous m'avez appelé.*

- *Vos amis ont été tout le temps avec vous ?*

- *Non, dans l'après-midi, Ann est allée chez le coiffeur*

- *Vers quelle heure ?*

- *Je ne sais pas précisément, demandez-lui*

- *Je les appellerai tous pour confirmer, merci.*

………

Mardi 10h30

Victor était dans sa voiture et n'avait pas encore quitté le parking de la police. Il se sentit déprimé et de nouveau parfaitement inutile.

Sa fille avait donc selon toute vraisemblance été enlevée et personne n'avait rien vu. C'était juste incroyable.

Les policiers lui avaient promis de le revoir dès qu'ils en sauraient plus et il devait de son côté les tenir au courant au cas peu probable où sa fille ou des ravisseurs se manifesteraient.

Prenant enfin la route il décida d'aller jusqu'à la résidence où était Esmerald. Pour voir de visu sur place qui pouvait voir quoi.

………

Mardi 13h15

La maison principale d'Esmerald était toujours condamnée par un ruban. Après avoir salué les employés, il déambula dans la résidence. Deux maisons plus loin, il y avait toute une équipe qui coupaient les arbres et nettoyaient le jardin. Juste à côté, de l'autre côté de la route, un pick-up de plombier était garé. Un homme avait ouvert le capot du moteur d'un hors-bord et procédait à une réparation.

Victor comprit que l'activité un week-end devait être beaucoup plus limitée et que venir un mardi ne lui serait d'aucune utilité pour essayer de comprendre.

Il revint vers Esmerald et contourna la maison pour aller vers la piscine et la mer. Il passa à côté d'une espèce de saule pleureur, arbre qui l'avait momentanément abrité l'autre samedi soir.

Débouchant sur la plage, il se rendit compte que Juliette n'aurait jamais pu partir par la mer sans qu'au moins un voisin ne voit ou n'entende le bateau qui l'aurait emmenée. Tous les arrières de maison comportaient des terrasses avec ou sans piscine mais avec des barbecues. Terrasses qui le samedi précédent avec le temps qu'il avait fait devaient être bien garnies.

Victor reprit sa voiture pour aller chez Ann qu'il n'avait pas revue depuis dimanche soir.

…….

Mardi 14h30

Une voiture de police était garée devant chez Ann. Victor se mit juste à côté. Le temps de descendre, il vit Fred Carson émerger du studio avec son amie.

- *Bonjour Victor. Le capitaine vient de m'apprendre la mort de mon locataire.*

- *Non !*

- *Oui, ce matin pendant que nous étions ensemble* précisa Fred. *Personne ne doit plus rentrer dans cette pièce. Je vais y faire venir un expert pour l'assurance. La justice demandera sans doute aussi une autopsie.*

Ann avait l'air complètement dépitée. Elle osa tout de même poser une question

- *Quand pourrais-je disposer du studio pour le remettre en location ?*

Fred fit un geste vague indiquant qu'il en savait rien.

- *Vous savez je n'ai aucun moyen de faire bouger l'expert. Par ailleurs je vais envoyer une équipe pour faire une perquisition poussée dans ce studio. Ils viendront sans doute cet après-midi.*

- *J'ai déjà les empreintes de votre ami Victor* ajouta-t-il, *il me faudra les vôtres Madame. Si vous pouvez passer au poste dans la journée.*

Après avoir salué Ann, Fred Carson prit Victor par le bras en se dirigeant vers sa voiture

- *Vous êtes vraiment un drôle de type dit-il. Avant de venir, j'ai reçu le rapport préliminaire sur les deux fioles qui étaient dans le sac. Il y a dedans de quoi tuer la moitié des habitants de la Floride. Et ces produits ne sont pas utilisés dans la protection des plantations. Peut-être bien que ce type préparait quelque chose.*

Même si la forme était absente, Victor prit cela pour un compliment

- *Je peux peut-être vous apporter une autre pièce du puzzle indiqua Victor qui lui raconta sa recherche sur l'espèce d'amulette en bois qu'Ashim portait en sautoir. Je n'ai pas eu le temps de pousser plus loin la recherche.*

Le policier le remercia

....

Mardi 15h

Ann et Victor avaient l'air de deux naufragés enfin assis sur le sable regardant la mer avec reproche.

Ann venait de perdre son locataire et la possibilité de relouer avant longtemps. Victor pensait sans cesse à Juliette et Antoine et même s'il semblait sûr de son coup, c'était quand même une drôle de coïncidence que Ashim soit mort après qu'il eut bricolé la prise !

Victor avait accepté avec plaisir de prendre un thé et quelques biscuits car focalisé sur sa volonté de voir Esmerald à l'heure de la disparition de sa fille, il n'avait même pas pris le temps de déjeuner.

- *J'ai vraiment l'impression d'être le mauvais esprit dans cette histoire* dit-il. *J'arrive et tu perds ton locataire ; je viens aider ma fille et elle disparait inexplicablement*

- *Je ne vois pas pourquoi tu parles de mon locataire car tu n'y es vraiment pour rien* répondit Ann très logiquement.

- *Tu as raison. Depuis quelques jours, je n'ai plus l'impression d'être moi-même. Je mélange un peu tout. Ma seule certitude, c'est d'être inutile, oui inutile.*

Victor resta un grand moment sans rien ajouter

- *Si cela te permets de te sentir mieux, raconte-moi pour ta fille* demanda Ann très gentiment

Un moment indécis, il se décida pourtant à lui raconter en détail pourquoi sa fille était venue et ce qui s'était passé depuis. Bien sûr en escamotant sa visite d'Esmerald le samedi soir.

Ann le regarda avec des yeux plein de douceur et d'empathie.

- *C'est sûr que pour arriver à cette situation, il a bien fallu que quelqu'un s'emploie à la faire disparaitre* dit-elle. *Il te reste juste à trouver qui ?*

CHAPITRE 12

Vendredi Après-midi

Retour dès 14h dans la grande salle du Bridge Club de Vanderbilt Village à Newell pour Ann et Victor.

Ce n'était évidemment pas l'intention pour Victor de s'amuser et prendre du bon temps mais l'invitation de Tony et sa femme pour ce tournoi lui sembla l'occasion de remettre enfin le pied dans la porte. Ils ne voulaient pas lui parler et bien on allait voir !

Cela faisait trois longues journées qu'il attendait des informations de la police. Rien. « Nothing new ». Il n'y avait pas eu non plus de demande pour une improbable rançon.

Par contre, le journal local avait titré la veille sur une pleine page « *un probable attentat déjoué par la police de Newell* », l'article précisant ensuite que l'auteur présumé avait trouvé la mort accidentellement. Une excellente publicité pour le Capitaine Carson qui apparaissait sur un quart de la page dans son plus beau costume !

Honnêtement, Victor s'était posé mille fois la question de l'utilité d'être encore sur place.

Pendant ces jours remplis de désespoir, il eut toutefois la « chance » d'avoir une demande pressante de son employeur sur sa mission passée en Angleterre, demande qui l'occupa pendant plus d'une journée.

Le reste du temps, il tourna en rond en essayant de ne pas communiquer son vague à l'âme à ses amis. En vain.

La seule « bonne nouvelle » lui dit Tony en lui rappelant la tenue de ce tournoi de bridge – et le mot « bonne » est vraiment à prendre avec des pincettes – c'est que personne n'a retrouvé de corps !

Probablement de l'humour policier. Enfin « tant qu'il y a de la vie, il y a de l'espoir », aurait pu ajouter Victor dans un concours de banalités.

Les deux héros du précédent tournoi bataillèrent donc ferme pour tenir leur rang passé. Sans exploit particulier cette fois ci. Ils terminèrent deuxièmes de leur ligne sur seize, tout se jouant à quelques annonces imprécises. Troisièmes au total des trente-deux paires. Pas mal pour une équipe qui ne jouait là que pour la deuxième fois ensemble.

Dès l'entrée dans la salle, Ann avait invité Tony et son épouse à prendre ensuite un verre chez elle après le tournoi. Ainsi, les deux couples se retrouvèrent devant le studio peu de temps après la proclamation des résultats.

- *L'expert de l'assurance est-il passé ?* demanda Victor à Tony histoire d'entamer les débats sur un terrain neutre car Ann lui avait déjà dit qu'il était passé la veille dans l'après-midi pendant une demi-heure accompagné d'un policier.

- *Ça, il faut demander à mon patron car ce n'est pas mon enquête.* répondit Tony toujours prudent.

- *L'expert est passé hier et il ne m'a même pas interrogé* précisa Ann. *C'est quand même ma maison et j'aurais pu lui parler des incidents après les ouragans.*

- *C'est peut-être mieux pour toi qu'il n'en ait rien su* répliqua Victor.

Une fois assis un verre à la main dans l'espace « terrasse », l'épouse de Tony voulut absolument que Victor explique son « trois piques » annoncés lors du précédent tournoi. Ce qu'il fit avec plaisir et avec un luxe de détails sur les annonces dites « de barrage ».

- *Mais le « quatre piques » d'Ann est aussi à mettre en avant* insista Victor *car il participe de la même logique : prendre le risque calculé de perdre un peu ou de gagner beaucoup !*

Les échanges sur le bridge étant épuisés, c'est Ann qui ouvrit les hostilités :

- *C'est quand même fou que la police ne retrouve pas la fille de Victor quand même ! Non ?*

Opinion que la femme du policier se hâta d'appuyer

- *Mon chéri, sur ce coup-là, je suis plutôt d'accord, c'est incroyable.*

Trois paires d'yeux attendirent une réponse de Tony qui resta muet les yeux sur son verre.

- *Au minimum vous pourriez donner les informations sur ce que vous avez appris à défaut de retrouver les fuyards* insista Victor.

- *Ecoutez Victor, vous savez que je ne peux rien dire sans l'aval de mon chef. Je vous promets que j'organise un rendez-vous au plus tard lundi matin, peut-être même avant s'il est libre.*

- *Pourquoi ne parles-tu pas au journaliste qui te court après Victor ?* demanda innocemment Ann, *histoire de faire un bel article comme le Capitaine l'a fait pour mon locataire ?*

L'atmosphère devint soudain tendue. A nouveau trois paires d'yeux se fixèrent sur Tony. Victor compris d'un seul coup que seul avec le policier, il aurait eu des réponses mais là devant les deux femmes et probablement surtout devant la sienne il lui était complètement impossible de déroger à son devoir de réserve. Il décida alors de lui sauver la face :

- *Ann plaisante bien sûr. Je vais attendre de vous revoir avant de m'épancher chez ce journaliste*

Victor n'avait pas le souvenir précis d'avoir relaté sa rencontre avec un journaliste devant Esmerald mais à force de ressasser toute cette histoire des fois et des fois, il avait dû lui raconter.

Les dernières cacahuètes mangées, Tony et sa femme se levèrent et Victor les raccompagna jusque sur le trottoir. Il comprit au mouvement de tête positif que fit Tony en lui disant « A très bientôt » qu'il n'avait pas fait le tournoi de bridge pour rien

……..

Samedi 12h

Le rendez-vous avec la police avait été confirmé par Tony pour le dimanche en fin de matinée et

Victor, toujours sans nouvelles, décida d'aller sur place devant Esmerald « respirer » l'ambiance d'un samedi en début d'après-midi. Cette fois dans les mêmes horaires que la semaine précédente.

Garé devant la maison, il put assister vers 12h15 au changement des gardes de la barrière d'entrée, gardes qui commençaient à le connaitre et qu'il salua tous les deux.

Victor ne croyait pas vraiment à une coïncidence pour le coup de fil de 13h au garde. Il y voyait au contraire une probable manœuvre pour faire en sorte que sa fille sorte d'Esmerald sans être vue par le garde.

Muni d'un carnet et d'un crayon, il reporta du mieux qu'il put la topographie des lieux et il dessina l'angle de vue du garde ainsi que celui des employés qui voyaient de chez eux ce qui se passait du coté entrée principale, route et pontons de l'autre côté de la route.

Une fois hachurée la zone couverte par les deux, il délimita une zone invisible des employés mais potentiellement visible par le garde : un triangle de végétation le long d'Esmerald qui menait jusqu'à la maison voisine – maison fermée et vide d'habitants depuis des mois – ce qui fait que l'on pouvait passer derrière cette maison vide et ressortir de l'autre côté sur la route sans être vu, ni du garde, ni des employés.

Victor ne comprit pas ce qu'il pouvait faire de cette constatation car la route qui faisait ensuite presque deux kilomètres le long des autres maisons était « de facto » une impasse et en ressortir obligeait de toute façon à repasser devant le gardien.

Malgré tout, il fut content de se dire qu'après le chemin qu'il avait emprunté la nuit et qui était probablement celui emprunté par sa fille, il existait une autre possibilité – qui ne menait nulle part – mais qui expliquait très logiquement l'éloignement du garde. Si cet éloignement était lié à son affaire.

Cet aspect « Mystère de la chambre jaune » l'occupa pendant plus d'une heure mais ne lui donna malheureusement aucune piste tangible pour retrouver Juliette et Antoine.

……

Dimanche 11h15

Je peux démarrer par une question bizarre demanda Victor aux deux policiers :

- *Ne voyez surtout pas de jugement de valeur ou de critique mais pourquoi est-ce que l'enquête concernant Esmerald est sous la direction de Tony et pas de vous Capitaine ?*

Fred Carson étala un large sourire avant de répondre :

- *C'est très simple. Cela fait combien Tony ? cinq ans, six ans plutôt que Tony est mon adjoint et il est temps qu'il devienne un jour le numéro 1. Ici ou ailleurs.*

- *Vous pouvez imaginer* continua-t-il *que dans une ville comme Newell, nous avons peu de meurtres. Des morts oui, il y en a, comme partout. Des accidents domestiques, des accidents de la route, des disparitions, des overdoses, des suicides aussi, mais des meurtres, peu.*

- *J'en ai eu quatre pendant ces six dernières années et je m'étais mis dans un coin de ma tête, le prochain, c'est pour Tony. C'est aussi simple que cela. C'est également une sorte de formation continue car sous ses ordres pour cette affaire, je lui donne – s'il le demande - des conseils. Je ne l'avais pas prévenu avant.*

- *Hein Tony, je ne t'avais pas prévenu ?*

Tony hocha la tête en signe d'assentiment

- *J'aurais préféré une affaire plus simple mais bon, je suis super content de la confiance accordée par mon patron.* confirma Tony

Pour une raison qu'il n'aurait pas expliquée, Victor ne fut pas pleinement convaincu. Est-ce que cette affaire était si mal partie du début que Fred ne veuille pas que cela entache son propre palmarès ? Palmarès important dans ce pays pour l'évolution des carrières.

- *Et le meurtre de Sue, vous le mettez dans quelle catégorie ?* demanda perfidement Victor

Fred Carson secoua sa tête comme l'instituteur peut le faire devant un élève turbulent ou inattentif.

- *Pas très sympa cette question Victor. Vous savez très bien que nous avions classé l'affaire en overdose et suite à la déposition de Mme Juliette, cette affaire redevient un meurtre.*

Victor retourna à Fred un large sourire et fit comme s'il était parfaitement satisfait de la réponse.

- *Tony a donc un double meurtre et une double disparition comme première affaire*

- *C'est assez bien résumé* conclut Fred

Après cette introduction qu'il jugea probablement un peu gênante, Tony prit la parole :

- *Concernant votre fille et son fils, nous n'avons malheureusement rien de nouveau. Vous l'auriez su aussitôt sinon.*

- *Pour être vraiment complet, j'ai juste eu la police de Key West qui m'a dit qu'après avoir reçu la photo de la disparue le lundi soir, un policier fiable croyait avoir reconnu votre fille dans l'aéroport le dimanche matin, accompagnée d'une petite fille. Après vérification des listings de départ de tous les vols, nous n'avons rien trouvé au nom de Juliette. En plus, il était sûr pour la petite fille car elle avait à la main la même Barbie que sa fille à lui.*

- *Rien de plus Victor, je suis désolé.*

Victor encaissa les nouvelles. Il se fit quand même la réflexion qu'à cinq ans, il est assez facile de faire passer une fille pour un garçon ou l'inverse. Mais bon, il n'allait pas ergoter sur chaque information. L'idée qu'un policier de métier ait pu reconnaitre Juliette suffisait largement pour entretenir une petite lueur d'espoir.

- *Pour ce qui est du meurtre maintenant qui je vous rappelle n'est pas forcément lié à la disparition de votre fille….*

Victor ne put s'empêcher d'intervenir

- *Arrêtez Tony, vous n'y croyez pas vous-même*

- *Pour ce qui concerne le cadavre,* continua-t-il comme si de rien n'était, *l'autopsie a révélé que le voyou est mort d'une fracture des cervicales, le sang trouvé autour de sa tête venant de l'écrasement de son nez lorsqu'il est tombé par terre. Il avait aussi vomi en mourant et…heu … enfin vous comprenez, il s'était un peu vidé de partout.*

Tony marqua un temps d'arrêt et Victor se crispa, attendant qu'il parle enfin du coup de feu, ne comprenant plus rien lorsqu'il passa à autre chose. Ils lui faisaient un film ou quoi ?

- *Il n'est donc pas mort tout seul* conclut Tony, *quelqu'un l'a tué - volontairement ou non - car il y a des traces de contusions prouvant qu'il y a eu bagarre dans un corps à corps.*

- *A quelle heure est-il mort ?* demanda Victor

- *Vers minuit d'après le contenu de son estomac. A plus ou moins une heure. Pas facile de dire mieux car il n'a été examiné par le légiste que le lendemain matin vers 8h. Et nous n'avons pas de témoin. A part le meurtrier bien sûr.*

Le fait qu'ils aient omis de parler du coup de feu perturba vraiment beaucoup Victor. Avait-il rêvé lorsqu'il était derrière la maison ou cachaient-ils quelque chose ?

- *Quel lien a le mort avec les propriétaires de la maison ?* demanda Victor qui avait un peu récupéré

- *Directement, aucun. Fred et moi pensons qu'il honorait un contrat et qu'il a fait une mauvaise rencontre*

- *Un contrat sur quelle tête ?*

- *Devinez* intervint Fred. *C'est là que se situe le lien avec Madame Juliette. Peut-être que certains ne souhaitaient pas que nous ressortions le dossier de Melle Sue.*

- *Comment l'auraient-il su ?*

Fred regarda d'abord Tony puis les deux policiers firent face à Victor

- *Il y a plusieurs possibilités comme par exemple quelqu'un chez nous qui parlerait trop – nous sommes vingt-neuf policiers et tout le poste sait que ce dossier est ressorti, l'un d'eux peut toujours être tenté de monnayer un renseignement et de parler trop*

- *Mais le plus probable reste Alexander l'ami de votre fille. Il a pu alerter plusieurs jours avant quand votre fille a décidé de venir et confirmer le samedi matin tôt quand elle lui a dit qu'elle m'attendait* répondit Fred.

- *Ce qui laissait largement le temps d'envoyer quelqu'un pour « effacer » le témoin* ajouta Tony

- *Ce qui voudrait dire que cet Alexander n'est pas net-net* conclut Victor. *Je dois d'ailleurs ajouter pour aller dans votre sens que ma fille avait pris une certaine distance avec lui depuis la mort de Sue. Peut-être consciemment ou pas se méfiait-elle mais elle m'a dit qu'après, elle avait refusé de le revoir et ils ne communiquaient plus que par téléphone. Leur idylle naissante était déjà en pause.*

Un ange passa pendant que les trois hommes digéraient les informations échangées. A force de se torturer l'esprit, Victor se rendit compte que l'absence du coup de feu dans les échanges était en fait parfaitement logique puisqu'il n'y avait pas de témoin pour le reporter à la police, ni lui bien sûr, ni la fameuse ombre qu'il avait vu sortir. Mais qui avait tiré sur qui ?

- *Donc, un tueur à gages a été tué ?* interrogea Victor. *Mais par qui ?*

- *A ce stade aucune idée* répondit Tony. *Notre seule hypothèse, c'est quelqu'un qui se serait trouvé dans la maison et qui aurait plutôt souhaité défendre Madame Juliette et son fils – même si elle n'était plus présente depuis des heures -*

quelqu'un dans votre genre par exemple ajouta-t-il sans sourire

CHAPITRE 13

Mardi 9h

Après la longue séance du dernier dimanche, Victor n'avait eu aucune nouvelle de la police concernant sa fille. Tony continuait imperturbablement à lui répéter qu'il n'avait rien.

Par contre, Fred l'avait appelé concernant Ashim. La police scientifique avait passé au peigne fin le studio et avait trouvé ses empreintes bien au-delà de ce qu'il avait indiqué dans son témoignage. Fred avait un peu lourdement ironisé sur sa grande « curiosité ». Sans toutefois lui indiquer en quoi cela pouvait être anormal.

- *Toujours rien à ajouter à votre témoignage ?* avait-il demandé

- *Non, je vous ai tout dit* répéta Victor

Cet échange avait laissé un goût amer dans la bouche de Victor. Qu'est-ce que le policier avait bien pu trouver ?

De façon assez symétrique et étonnante, Tony l'avait appelé la veille pour lui dire que ses empreintes étaient partout chez Esmerald. Il l'avait questionné sur la clé de secours. Victor avait immédiatement reconnu avoir eu connaissance de cette clé et l'avoir eu entre les mains lorsque Maria lui avait fait découvrir la maison.

- *Merci de cette précision qui m'enlève un poids* avait alors dit Tony *car en dehors des employés et de votre fille, on ne retrouve que vos empreintes un peu partout et les trouver sur cette clé faisait évidemment un peu désordre.*

- *J'aurais d'ailleurs besoin de votre ADN Victor* avait-il ajouté *car nous n'avons pas celui de votre fille mais nous pouvons peut-être le retrouver grâce à certains cheveux ramenés par la « scientifique ». En comparant avec votre ADN, nous pourront sans doute mettre la main sur le sien.*

Ces deux appels avaient eu l'effet de lui rappeler les différentes omissions qu'il avait faites durant ses différents témoignages. Omissions qui en bonne langue américaine s'appellent des mensonges et qui au niveau justice pouvaient le faire rapidement basculer dans la colonne « suspect ». Surtout quand la police n'avait rien d'autre à se mettre sous la dent.

Il avait rencontré le lundi matin un enquêteur privé dont le nom lui avait été donné par Fred. Un type sérieux qui avait officié dans la police de Newell pendant dix ans. Il l'avait lancé sur la piste de Juliette potentiellement présente à Key West le dimanche matin. Piste que Tony lui avait avoué ne pas souhaiter suivre car peu fiable et fortement improbable.

Victor avait regardé sur internet la liste des vols. Il y avait eu seulement cinq départs ce matin-là, quatre vols domestiques et un vol international. Sans compter les éventuels charters privés. Jack, l'enquêteur privé était immédiatement parti sur place et devait revenir le lendemain faire son rapport avant qu'il ne prenne la route de la France.

Car finalement, Victor avait décidé de rentrer en France.

La mort dans l'âme bien sûr mais il ne voyait plus quoi faire de plus. Les policiers avaient sans doute été le plus loin possible dans les informations données mais sur le sujet central de la disparition de Juliette et Antoine, il n'y avait rien de nouveau depuis trop longtemps.

Victor sonna chez Ann. Lorsqu'elle lui ouvrit, il la pressa contre lui et lui fit ensuite deux grosses bises.

De fait, leur relation avait évolué de façon tout à fait étrange. Après une rencontre initiale très chaude, les évènements les avaient fait basculer dans une relation amicale fortement polluée par les emmerdements.

Emmerdements qui pour le coup avaient volé « en escadrille ». La magie du premier jour avait rapidement rendu les armes et l'un et l'autre s'en étaient accommodé.

Pour l'heure, le malbec avait cédé la place au thé. Après lui avoir résumé le peu qu'il avait appris, il se décida à l'avertir de son prochain départ :

- *Je vais rentrer en France Ann. D'abord parce qu'il ne se passe plus rien au niveau police, enfin rien où je puisse agir. De plus, mon employeur attend mon retour.*

Ce que disait Victor n'était pas complètement faux mais il ne pouvait pas lui avouer le reste de ses motivations.

- *Je comprends tout à fait* répondit-elle même si son langage corporel disait tout à fait le contraire

- *Je souhaite que l'on se revoit rapidement quand tous ces problèmes seront derrière nous* précisa Victor.

- *Oh moi aussi.*

- *Tu sais quand ils vont te libérer le studio ?*

- *Oui, finalement assez vite. Fred Carson est venu hier soir. Il m'a encore demandé des précisions sur les horaires quand tu es venu, tu te souviens quand je suis allée chez le coiffeur. C'est au moins la troisième fois qu'il me parle de cela et il avait été chez l'esthéticienne et le coiffeur avant de passer ici.*

Victor ne fit pas de remarque mais cette démarche le conforta dans la décision de s'éloigner au plus vite.

- *Et donc ils vont libérer le studio* demanda-t-i

- *Absolument, l'expert a rendu son verdict*

Elle prit un papier sur la desserte de l'entrée

- *« Mauvaise utilisation du circuit électrique existant de la part du locataire »* a-t-il écrit *ce qui fait que les frais de remise en ordre seront payés par l'assurance.*

- *C'est parfait !* se réjouit Victor.

- *Oui, cela se termine bien. Si tout va bien, dans deux ou trois semaines, je remets en location*

Victor pensa que compte tenu de la « victoire » annoncée de la police sur un futur attentat, l'expert pouvait difficilement ne pas charger au maximum le suspect de la responsabilité de l'incident.

- *Je suis vraiment très content pour toi. Je te souhaite de trouver un locataire plus tranquille*

Ann et Victor échangèrent encore quelques banalités avant de se séparer. Sur le pas de la porte, Ann ajouta une dernière question :

- *Finalement, tu ne fais pas appel au journaliste ?*

- *Non, je n'ai pas envie d'indisposer la police. On est toujours à la merci d'une mauvaise interprétation.*

……..

Mardi 14h

Victor avait fini de préparer ses bagages et il venait de déjeuner rapidement avec Jane et Bruce. L'atmosphère était plutôt à la tristesse. Ses amis comprenaient bien les raisons de son départ.

Comme lui, ils restaient étonnés que la police n'ait pas pu encore retrouver sa famille. Il les quitta le cœur d'autant plus lourd qu'il avait appris que Bruce devait se faire opérer assez rapidement. La loi des emmerdements maximum ne souffrant aucune exception.

Avant d'aller à son rendez-vous au bureau de l'enquêteur privé, Victor passa presque une demi-heure à l'hôtel de police pour donner son ADN. Il ne rencontra ni Fred, ni Tony.

Au moment où il sortait, Jack l'appela sur son téléphone pour le débriefer. Victor comprit qu'il n'était pas encore revenu de Key West. Il s'installa dans sa voiture :

- *Bonjour Victor. Je suis toujours sur place car je souhaite encore faire quelques vérifications mais j'ai déjà beaucoup de réponses. Je reprendrai l'avion demain matin.*

- *Alors nous ne nous verrons pas car je repars ce soir en France. Allez-y, je vous écoute.*

- *Dans les différents vols au départ, j'ai pu identifier quatorze femmes accompagnées d'un seul enfant, fille ou garçon de quatre à sept ans. J'ai visé au plus large pour être sûr de ne louper personne. Onze sur les vols domestiques et trois sur le vol vers le Canada.*

- *Si le policier ne s'est pas trompé, Juliette est parmi ces quatorze femmes.*

- *Pas sous son nom réel en tout cas*

- *Ça, j'avais bien compris* répondit Victor

- Je veux vous dire d'abord que j'ai été bien reçu et beaucoup aidé par le policier qui avait cru voir votre fille. Il a confirmé la reconnaitre avec les nouvelles photos que vous m'aviez données. Nous avons rencontré ensemble les compagnies aériennes. Je l'ai d'ailleurs invité à diner hier soir pour le remercier.

- OK Jack, allez à l'essentiel

- Oui pardon. Grâce à ce policier, j'ai pu avoir accès aux fichiers des compagnies aériennes et notamment l'adresse et le numéro de téléphone de contact des passagers – lorsqu'ils les avaient donnés bien sûr -. Sur les quatorze, j'en ai eu douze. Que j'ai systématiquement toutes appelées sous le prétexte de leur demander si elles avaient perdu un jouet…

- Abrégez Jack.

- Oui pardon. Jusqu'à notre rendez-vous à l'instant, j'ai pu en avoir neuf, toutes vivant aux USA ou au Canada. Enfin, parfois j'ai eu le mari d'abord ou un enfant plus âgé. J'ai pu vérifier leur adresse, leur accent. Aucune n'avait perdu de jouet…

- Jack !

- *Oui pardon. Donc il y en a trois auxquelles j'ai laissé un message demandant de me rappeler. Il me reste ensuite les deux passagères sans information où là c'est plus compliqué.*

Cette fois, l'enquêteur marqua une pause attendant sans doute une réaction de son client.

- *Elles allaient où vos deux passagères « mystère » ?* demanda Victor

- *Mme Miller à Newark et l'autre Mme Cornell à Montréal au Canada*

- *Parfait Jack, vous avez bien travaillé. Vous me faites un rapport complet avec les identités de toutes ces femmes et de leur enfant.*

- *Vous l'aurez avant la fin de semaine Victor, avec ma facture*

- *Au fait Jack, d'un seul coup, je pense aux caméras dans les salles d'embarquement. Vous les avez regardées ?*

- *J'ai posé la question au policier. Normalement, il faudrait une décision de justice pour en avoir une copie.*

- *Pouvez-vous essayer d'avoir uniquement celles correspondant aux deux passagères mystère. Quitte à donner un peu d'argent.*

- *Je n'ai rien entendu Victor. Je n'ai pas envie de perdre ma licence* ajouta Jack avec un gros rire.

- *Faites pour le mieux. C'est sur ces deux personnes qu'il faut trouver quelque chose, concentrer vos recherches.*

- *C'est bien noté.*

- *Je vous appelle demain dès ma descente d'avion.*

……..

Jeudi 17h en France

Victor avait retrouvé sa maison du bord de mer la veille au soir. Avec soulagement et un certain plaisir. Seulement 17 jours après l'avoir quittée. Des jours qui lui avaient paru très longs tant les évènements les plus inattendus l'avaient copieusement perturbé.

Il avait bien sûr appelé la police de Newell. Pour tomber sur Fred qui avait été très surpris qu'il soit parti sans lui dire :

- *Pourquoi aurais-je dû vous le dire ?* demanda Victor

- *J'aurais eu besoin de vous pour la mort d'Ashim* répondit Fred

- *Besoin de moi ?*

- *C'est l'assurance qui me demande plein de détails* compléta-t-il. *Mais bon, je vais m'en sortir* conclut-il.

Ils se séparèrent finalement assez froidement.

Son coup de fil suivant fut pour Jack qui avait plutôt bien travaillé. Il avait mis hors de cause les douze passagères qu'il avait pu contacter. Pour les deux passagères mystères, il avait pu récupérer deux morceaux de vidéo. La facture allait s'en ressentir ! Presque quatre fois le devis initial !

Il envoya les vidéos par mail et Victor se donna un peu de temps pour les regarder. Il le rappela une demi-heure plus tard.

Pour Victor, la passagère pour le Canada ne correspondait pas du tout à sa fille. Il avait visionné un grand nombre de fois les sept secondes de la vidéo et il était formel : ce n'était pas elle. Les traits du visage, les cheveux, le port de tête, le type d'habits, la démarche. Non, rien à voir.

Par contre celle de Newark - Mme Miller - pouvait correspondre. La qualité de la vidéo était vraiment médiocre et la jeune femme portait un foulard qui cachait presque tous ses traits. Foulard mis de façon intentionnelle pour se cacher peut-être ?

Mais l'allure générale de la démarche et le port de tête rappelaient des choses à Victor. Il n'aurait pas su expliquer exactement pourquoi mais oui, c'était peut-être elle. Peut-être.

Il rappela Jack et le remercia. Il lui communiqua son verdict. La passagère pour le Canada, c'était un non catégorique. Celle pour Newark, c'était possible. Il lui demanda de communiquer une copie de l'ensemble du dossier à Fred et Tony et le remercia à nouveau.

Victor s'attela immédiatement à faire un mail à Fred pour lui résumer ce qu'avait fait Jack et pour lui demander de voir ce qui pouvait être fait pour la piste « Newark ». Il avait à peine envoyé son mail et refermé son ordinateur que la réponse de Fred arriva :

- *Tony donnera la suite qu'il juge utile à votre travail. Merci.*

Sur le coup, Victor fut découragé par cette réponse qui ressemblait à une fin de non-recevoir. Il avait pourtant pris la précaution de prendre cet enquêteur sur la recommandation du policier.

Manifestement, au vu de la réponse, la police de Newell ne partageait pas son optimisme retrouvé. Cette piste « Newark » lui avait néanmoins redonné espoir. Même si sa fille et son petit-fils étaient maintenant sur une autre planète, ils étaient peut-être vivants !

Le changement de patronyme ne laissait pas de le questionner. Là encore, si sa fille avait eu le projet de changer de nom, il l'aurait su. Il ne comprenait pas.

Pris d'une inspiration, il appela l'employeur new-yorkais de Juliette et demanda à parler à la « dame de Newark » en utilisant le nom donné à la compagnie aérienne. Inconnue lui répondit-on. Ne fait pas partie de la société.

Peut-être devait-il continuer tout seul avec Jack sur la piste de cette dame de Newark ? De toute façon, il en reparlerait avec Fred dès qu'il l'aurait au téléphone.

A force de remuer sans cesse toutes les hypothèses, de les remuer tout seul surtout, il avait vraiment l'impression de tourner en rond, de devenir fou.

Son employeur l'attendait à Paris dès le lundi matin pour le briefer sur sa prochaine affectation.

Il décida de couper pour un temps avec cette douloureuse histoire.

CHAPITRE 14

Retour en automne

Jeudi 11h

La brume matinale avait complètement disparu malgré un vent très faible et le soleil était étonnamment chaud. Depuis un moment, Victor se posait la question de recevoir Fred dans son salon ou sous le préau près de la piscine. Quelle importance au final se dit-il.

En fait, il n'était pas encore remis de cette visite inopinée de Fred. Qu'est ce qui pouvait bien motiver le policier pour opérer ainsi en dehors de sa juridiction ?

Victor avait analysé le plus objectivement possible ce qu'il avait fait à Newell. Au-delà des omissions certes répréhensibles lors de ses dépositions, il ne se sentait coupable de rien. Pas coupable en tout cas face à la justice américaine.

Ce n'était pas la même chose vis-à-vis de sa fille. Il gardait l'impression tout à fait désagréable de ne pas avoir répondu présent comme elle l'attendait. Là oui, il se sentait coupable. Il aurait pu, il aurait dû faire mieux, faire autrement.

Il s'était attelé dès son retour à reproduire dans une prise électrique de son garage à vélos ce qu'il avait bricolé dans la prise d'Ashim et son système avait très bien fonctionné, sans l'ombre d'un problème. Pas d'échauffements ni de court-circuit.

Quant à sa visite nocturne d'Esmerald, que pouvait-on lui reprocher ? Un défaut d'alerte, d'information. Mais le type était mort avant même qu'il n'entre dans la maison. On ne pouvait tout de même pas l'accuser de ne pas lui avoir porté secours !

Fred n'avait pas été précis sur son heure d'arrivée – dans quelques heures avait-il dit - « In a couple of hours » en américain – « couple » est un faux ami qui veut dire « quelques » et qui ne le renseignait pas clairement. Après avoir rangé le peu qui trainait dans sa maison, Victor se décida à aller au village à vélo afin de faire quelques courses.

Il n'était pas loin de midi quand il revint en vue de sa propriété. Une voiture était déjà garée devant son grand portail. Fred n'avait pas trainé. Il descendit de vélo tranquillement, entra chez lui et posa son engin contre le mur qui entourait l'entrée. Son panier à la main, il vint au-devant de l'américain qui était sorti de son véhicule avec un gros dossier à la main.

Habillé en civil, Fred paraissait plus mince, plus grand, plus élégant, avec une chemise blanche et un costume bleu marine avec de fines rayures ton sur ton. Le cheveu toujours aussi court, il avait les traits un peu tirés. Victor ne savait pas quand il était arrivé en France mais il n'aurait pas été surpris que ce soit depuis peu tant il avait l'air fatigué.

- *Hello Victor, content de vous voir* démarra Fred

- *Bonjour Fred, entrez* répondit Victor en le précédant vers la piscine

Arrivés sous le préau, les deux hommes se regardèrent un moment, comme deux lutteurs qui s'observent avant le combat.

- *Souhaitez-vous vous rafraichir avant de commencer ?* proposa Victor

- *Bonne idée* répondit Fred, *merci*

- *C'est immédiatement à gauche après l'entrée*

Victor rangea ses quelques courses dans la cuisine et lorsqu'il revint sous le préau avec une bouteille d'eau et deux verres, Fred était de retour derrière une chaise, attendant probablement une invitation à s'asseoir.

- *Allez-y, prenez une chaise* invita Victor. *Je vous sers un peu d'eau ?*

- *Volontiers, merci.*

Nouveau temps mort pendant que les deux hommes buvaient. Fred devait attendre que Victor demande comme d'habitude des nouvelles de sa fille. Pour une raison qu'il n'aurait pas su expliquer, Victor avait décidé qu'il ne parlerait pas le premier, qu'il ne lui donnerait pas le plaisir de demander quoi que ce soit, de paraitre demandeur et stressé. Il attendit donc la première question.

- *Nous avons combien de temps ?* démarra Fred

- *Aucune limite* répondit Victor.

- *C'est que j'ai besoin de beaucoup de temps* indiqua Fred de façon sibylline.

Fred sortit un cahier assez grand du dossier volumineux qu'il avait amené.

- *J'ai quatre sujets à couvrir avec vous* indiqua Fred. *La mort d'Ashim, les conséquences de la mort de Sue, le mort d'Esmerald et la disparition de votre fille Juliette et de votre petit-fils Antoine. Dans cet ordre si vous le permettez même si j'imagine que le dernier sujet vous est particulièrement prioritaire.*

Victor décida de ne faire aucune remarque. Si Fred souhaitait maintenir le suspense pour sa fille, c'est qu'il avait une bonne raison.

Cette entrée en matière lui parut d'ailleurs extrêmement positive – Victor était un optimiste invétéré - car qui irait emmerder son interlocuteur sur la mort d'un obscur musulman coupable d'attentat avant de lui annoncer une mauvaise nouvelle très personnelle ?

Fred étala sur la table différentes feuilles et sous-dossiers.

- *Bien. Peut-être dois-je commencer par vous dire que judiciairement parlant, ce dossier « Ashim » est fermé, terminé.*

- *Ce qui fait que je comprends mal pourquoi il faut encore en parler* rétorqua Victor.

- *Tout simplement parce que je n'aime pas que l'on me mente. Que vous me mentiez Victor.* répondit Fred

Victor regretta immédiatement d'être intervenu. Il s'était pourtant juré de rester en retrait. Fred l'observait attendant manifestement une réponse.

- *Je n'ai rien à ajouter à mes dépositions précédentes* finit par répondre Victor du bout des lèvres

Le policier continua comme s'il n'avait pas entendu la réponse :

- J'ai passé un grand moment avec l'expert de l'assurance. Il m'a certifié que la prise avait été bricolée à l'intérieur car il a retrouvé des petits morceaux de métal qui n'avaient rien à y faire. Il a parlé de… – Fred consulta une feuille – d'un condensateur ? Tout était brûlé par la chaleur mais il est certain que cette prise n'était pas dans sa configuration d'origine.

Victor se contenta d'un signe du haut de son corps marquant une complète interrogation.

- Sa conclusion formelle est que quelqu'un a trafiqué la prise. Son hypothèse est que c'est Ashim le « bricoleur ». Cette conclusion mettant fin comme je vous l'ai dit à l'action officielle publique.

Cette fois, Victor ne dit rien.

- Le problème, mon problème, c'est que pour travailler sur une prise électrique, il faut un outil particulier, un tournevis dit « électrique » en l'occurrence. Et que sur le seul tournevis trouvé dans le studio, il y avait des belles empreintes et de l'ADN, les vôtres Victor !

Victor resta de marbre attendant la suite.

- J'ai d'ailleurs oublié de préciser que ce tournevis était rangé dans un tiroir et qu'il ne faisait pas partie des objets que vous aviez ramassés après la chute d'Ashim. Comment expliquez-vous cela Victor ?

Devant le silence persistant de Victor, Fred décida de continuer.

- Mon hypothèse, c'est que c'est vous qui avez trafiqué la prise.
Vous aviez tout le temps car Ann vous a laissé seul minimum une heure et dix minutes le samedi après-midi. J'ai vérifié en détail avec elle.
Vous aviez le mobile car j'ai compris depuis que vous aviez probablement des comptes à régler avec les musulmans intégristes suite à l'attentat qui a décimé votre famille l'an dernier.
Enfin vous avez de par votre diplôme d'ingénieur en électricité et électronique l'expertise de ce type de travail.
Le moyen, le mobile et l'opportunité. Exactement tout ce qu'il faut pour être coupable.
Qu'en dites-vous Victor ?

- Pourquoi continuez-vous à travailler sur ce dossier puisqu'il est clos ?

- Parce j'aime le travail bien fait. J'ai laissé passer la conclusion de l'expert parce que ce Ashim ne méritait pas mieux mais je n'y crois pas. Je pense que vous avez voulu tuer Ashim. Et que cela a réussi.

Victor se leva et fit signe avec ses deux bras qu'il demandait la parole. Il commença à marcher le long de la table.

- *Vous est-il arrivé de vous tromper dans vos hypothèses pour vos dernières enquêtes Fred ?*

Le policier ouvrit de grands yeux devant cette question qu'il n'attendait pas. Il réfléchit un moment.

- *Cela m'est déjà arrivé. Une fois oui.*

- *Alors considérez que cela fait deux cher ami.*

- *Je suis d'accord pour le moyen. Pour l'opportunité aussi. Mais je n'avais aucune envie de tuer ce malheureux Ashim. Quelques heures après l'attentat, je ne dis pas. Mais là, plus d'un an après, non. Désolé. Je n'ai rien fait pour le tuer.*

Victor s'arrêta et regarda son interlocuteur dans les yeux :

- *Je peux vous jurer solennellement sur ce que j'ai de plus cher que je n'ai pas eu l'intention de tuer Ashim. Vous me croyez ?*

Fred ne répondit pas que ce type de réponse était assez classique de la part des criminels. Cependant, il était plutôt enclin à le croire. Victor continua à marcher de long en large.

- *Je vous ai déjà raconté qu'il m'avait beaucoup intrigué et mon seul objectif était de vous mettre sur sa piste au cas où il préparerait quelque chose. Rien de plus. C'est d'ailleurs avec cette*

logique que j'ai ramené le sac. J'ai tout fait pour vous aider dans cette affaire.
Rappelez-vous qu'à ce moment il n'était pas mort et que son pronostic vital n'était pas engagé. Votre théorie est très bien construite mais elle est fausse. Désolé.

- *Vous n'expliquez pas les empreintes sur le tournevis.*

- *Peut-être, mais explique-t-on jamais tout ? Mettez cela sur la curiosité. Vous l'avez dit vous-même, Je suis resté plus d'une heure tout seul dans un endroit si petit ! J'ai sans doute touché plein d'autres choses dans ce studio.*

- *Je vous confirme, jusque dans les armoires.*

Victor mis les deux mains sur la table et se pencha vers l'américain.

- *Avez-vous faim Fred ? Parce que moi, toute cette discussion me creuse. J'avais prévu pour moi une omelette aux champignons ce midi. Ça vous va ?*

Fred vit disparaitre son vis-à-vis dans la maison sans attendre de réponse. Il hocha la tête, soulignant sans doute par-là que ce « Frenchy » était impossible. Il se leva à son tour, rangea sommairement ses documents dans son dossier et se dirigea à la suite de son hôte.

- *Je peux vous aider ?* demanda Fred

....

Jeudi 13h30

Les deux hommes avaient rapidement desservi la table. Victor revint avec deux expressos.

- Avant de passer au sujet suivant, il faut que je vous raconte une histoire Victor. Vous allez comprendre car cela complète le dossier Ashim.
Il se trouve que j'ai fait l'école de police avec un collègue - devenu un très bon ami - qui travaille maintenant au FBI.
Tout le monde raconte dans les films que les policiers de terrain et le FBI se font la guerre. En ce qui nous concerne tous les deux, Brian et moi, ce n'est pas le cas. Nous sommes comme deux frères.
Je l'avais sollicité pour connaître le propriétaire d'Esmerald – nous en reparlerons plus tard – et je l'ai questionné ensuite sur le logo que vous m'aviez montré, le dromadaire rouge sur fond vert foncé. Il m'a répondu assez vite grâce à leurs bases de données et à leur connaissance du dark-web.

Fred termina son expresso

- *Ce logo représente une association regroupant des intellectuels de la diaspora du Baloutchistan, une association ayant pour objectif de promouvoir les talents de ce pays. Ce qui vous en conviendrez ne veut rien dire de précis.*
Suite au fait que Ashim préparait un attentat – sans doute la pollution mortelle d'une trentaine de châteaux d'eau de la région de Naples – Brian a lancé les enquêteurs du FBI sur les membres de cette association présents sur le sol américain.

- *Et bien !* ne put s'empêcher de dire Victor

- *Merci donc pour cette piste et pour vos questionnements sur Ashim. Il n'y aura bien sûr aucune communication supplémentaire précise sur cet attentat déjoué mais je dois avouer que cela figure en très bonne place dans mon palmarès personnel…*

- *Ravi que cela ait pu servir votre carrière* conclut Victor qui se leva de nouveau brusquement

- *Venez Fred, moi aussi je vais compléter votre dossier*

Victor entraina Fred un peu surpris par cette injonction soudaine. Ils marchèrent le long de la piscine et entrèrent dans le garage à vélos. Victor brancha le fil d'une lampe posée sur son établi.

- *Regardez bien cette lampe de chevet* indiqua Victor

Après environ vingt secondes, la lampe s'éteignit toute seule, sans aucune intervention. Victor la débrancha puis la remit immédiatement. Toujours éteinte. Il la débrancha de nouveau.

- *Faisons un petit tour du jardin maintenant, cela nous aidera pour la digestion*

Victor entraina Fred et lui montra avec force détails les différents massifs certains encore fleuris et les arbres dont sa femme et lui avaient été très fiers pendant toutes ces années. Après une dizaine de minutes à faire un mini tour de la propriété, ils revinrent au garage à vélos.

Victor rebrancha la lampe qui s'alluma. Pour s'éteindre vingt secondes plus tard. Une fois cette démonstration faite, Victor invita le policier à revenir s'asseoir sous le préau.

- *Vous pouvez m'expliquer car je ne suis pas doué pour les tours de magie* demanda Fred

- *Vous savez qu'un drone fonctionne avec une batterie, batterie que l'on doit charger.*

- *Vous n'aviez peut-être pas remarqué mais ceux qui ont aménagé le studio chez Ann n'ont mis qu'une seule prise – une erreur sans doute – une seule prise pour tous les appareils* nécessitant une charge, ordinateur, tablette, téléphone, montre ou drone.

- Lorsque j'ai vu que ce monsieur avait commandé trente drones, j'ai commencé à avoir des doutes et avant de m'en ouvrir à la police, j'ai bricolé sa seule prise pour que celle-ci ne fonctionne plus normalement…. tout en donnant l'illusion qu'elle marche. Au total, elle devait fonctionner vingt secondes toutes les sept minutes. Comme celle de mon garage à vélo. Donc augmenter considérablement le temps de charge – environ vingt et une fois plus long – une charge habituelle de trente minutes demandant alors plus de dix heures !

Victor mis ses mains sur la table et fixa Fred dans les yeux :

- Vous vouliez tout savoir. Vous savez tout. C'était ma façon à moi de ralentir son action dans l'attente d'en savoir plus. Il serait toujours temps de remettre la prise en ordre s'il n'était coupable de rien.
Après, il est probable qu'il s'est rendu compte que cette prise ne marchait pas très bien et il a dû essayer de la bricoler de l'extérieur pour finir par faire un court-circuit et s'électrocuter.

- Ce qui explique vos empreintes sur le tournevis électrique

- Oui

- *Ce n'était donc pas délibéré de votre part mais votre action a indirectement entrainé sa mort.*

- *Oui et non, cela doit se plaider. Il avait bien su demander à Ann pour son chauffe-eau. Pourquoi ne l'a-t-il pas fait pour sa prise de courant ? Peut-être parce qu'il avait quelque chose à cacher ?*

- *Merci en tout cas de votre honnêteté Victor. Notre discussion sur ce sujet aura été finalement très intéressante quoique purement académique puisque la justice n'aura plus à se prononcer* conclut Fred

L'américain arborait en disant cela un large sourire.

- *Vous savez Victor, vous me rappelez une série américaine pour les jeunes où un enquêteur faisait tout à l'envers mais réussissait toujours à trouver le coupable grâce aux autres.*

- *Oui nous avions la même en France sous forme d'un dessin animé, l'inspecteur Gadget, je crois.*

Victor regarda soudain le policier

- *Mais dites donc, c'est moi qui ait fait le boulot et vous l'inspecteur qui ne saviez pas et qui récoltez les lauriers, faudrait pas inverser les rôles*

Fred ne rigolait plus autant.

- *Bon OK, mais admettez quand même que je n'étais pas si loin avec ma théorie.*
Peut-être pouvons-nous passer maintenant sur le dossier de Madame Sue Abraham ?

CHAPITRE 15

Jeudi 14h30

Fred Carson étala à nouveau une partie de son dossier sur la table.

- *Grâce au témoignage de votre fille, j'ai donc réussi à motiver le procureur de notre comté à rouvrir le dossier avec une qualification de meurtre. Pas simple mais j'ai fait valoir que nous avions une bonne chance de trouver le coupable. J'ai pris en charge immédiatement cette enquête.*

- *Je croyais que c'était Tony qui enquêtait sur l'ensemble*

Le policier eut un petit sourire en coin.

- *Non je l'ai prise en direct, je vous expliquerai plus tard pourquoi ….*
J'ai donc aussitôt cherché à joindre Alexander le copain de votre fille et Greg celui qui avait dansé avec Melle Sue. J'ai aussi été voir les employés du dancing pour recueillir leurs éventuels souvenirs.

Victor regarda son interlocuteur dérouler son enquête dont il était probablement fier

- *D'abord, nous avons découvert que Greg avait malheureusement quitté le territoire pour les Bahamas dès le fameux samedi mais ensuite j'ai* eu plus de chance car Alexander s'est mis à table tout de suite. Je soupçonne mon collègue de New York d'avoir eu des billes contre lui car il nous a dit que le Père de Greg – qui est en prison j'y reviendrait – lui avait demandé d'étouffer cette histoire. Et de l'avertir immédiatement s'il n'y parvenait pas. Ce qu'il a fait le samedi matin après le coup de fille de Juliette.

Victor était médiocrement intéressé par toute cette partie des évènements mais ce qui l'étonnait un peu était la familiarité soudaine du Capitaine dans sa dernière phrase qui soudainement était passé de « votre fille » ou « Madame Juliette » à « Juliette »

- Le Père de Greg, un mafieux notoire, était donc le seul à savoir que l'enquête sur Melle Sue repartait sur des nouvelles bases et l'information lui a été donnée par Alexander. Avec une déposition très explicite de ce dernier à la clé. Cela m'a permis deux choses ;-
D'abord d'avoir un argument massue pour immédiatement refuser une demande de liberté conditionnelle du Père de Greg, demande qui devait être examinée le mois suivant.
Sans préjuger de l'accusation d'avoir commandité un meurtre qui sera sans doute lancée.
Ensuite d'avoir mis le doigt sur au moins un de ceux qui ont tué Melle Sue car pourquoi aurait il réagit si vite si son fils n'était pas directement concerné ?

Victor était de moins en moins passionné par ce récit et il se dit qu'il fallait l'interrompre d'une façon ou d'une autre. Fred continuait imperturbablement.

- *J'ai lancé un mandat d'arrêt international contre Greg mais avec les Bahamas, cela risque de prendre du temps.*

Victor leva une main et arrêta le policier

- *Fred, en d'autres temps, j'aurais été ravi de connaitre tous les détails de votre enquête sur la mort de Melle Sue mais là, honnêtement, je m'en fiche un peu.*
La seule chose qui m'importe est de savoir si la déposition de ma fille vous a permis de traquer voire d'identifier son ou ses meurtriers ?

- *Oui, c'est ce que j'essaie de vous dire mais vous ne me laissez pas développer.*

- *Et bien ce « oui » suffit à mon bonheur* insista Victor, *je n'ai pas besoin des détails*

Fred était manifestement parti pour un marathon d'explications sur son enquête dont il était probablement très fier et il se trouva un peu déstabilisé par le manque d'intérêt de son interlocuteur. Il se mit à ranger un à un tous les documents correspondants dans son dossier.

Victor comprit qu'il avait été « un peu fort » vis-à-vis de Fred mais il ne s'excusa pas. Sur le fond, il se fichait complètement du bras de fer entre la justice américaine et ce mafieux local.

- *Un café, un thé ?* demanda Victor

- *De l'eau c'est parfait*

Victor se leva et alla se refaire un expresso. Quand il revint, le policier avait retrouvé un semblant de sourire.

- *Je crois finalement que je vais bouleverser l'agenda que je m'étais fixé car j'ai bien compris que vous attendiez avant tout des nouvelles de Juliette.*

- *Non ! C'est pas vrai !* répondit Victor avec beaucoup d'ironie, ironie pas forcément facile à accepter pour son très sérieux interlocuteur américain.

Fred attendit un moment avant de parler, comme s'il prenait son élan pour éviter un obstacle.

- *En fait Victor, votre fille n'a pas vraiment disparu*

- *Quoi ?* Victor failli s'étrangler en buvant une gorgée de café.

- *Je l'ai aidée à disparaitre.*

Sa tête dans les mains, l'information mis un moment à se frayer un chemin dans le cerveau de Victor. Quand il se redressa, ses yeux étaient comme autant de canons dirigés vers Fred

- *Vous voulez dire que depuis le début vous saviez et vous ne m'avez rien dit*

- *Oui et ne vous fâchez pas inutilement Victor, c'était exactement ce qu'il fallait que je fasse. Votre indignation, vos colères, votre insistance parfois limite, vos questionnements incessants, toute votre attitude démontrait que vous ne saviez pas. Vous n'auriez pas réagi de la même façon si vous aviez su qu'elle était saine et sauve.*

Victor en avait le souffle coupé et ne sut rien dire.

- *Je lui ai fait profiter du programme de protection des témoins en l'éloignant sous un faux nom.*

- *Mme Miller* dit Victor instinctivement.

- *Oui Mme Miller, vous étiez d'ailleurs sur la bonne piste avec Jack, bravo.*

Victor se leva et commença à marcher de long en large. Il avait envie de crier, de hurler plutôt.

Et son cœur, il y avait pensé à son cœur ?

Et ces deux mois pourris qu'ils avait vécus, il s'en était rendu compte ce policier ?

Mais en même temps, un tsunami de bonheur était en train de le submerger. Le policier respecta ces moments d'intense émotion. Il ne reprit la parole que lorsque Victor se rassit.

- *Laissez-moi commencer par le commencement.*
Le samedi matin, j'avais pris rendez-vous pour neuf heures. Je suis arrivé beaucoup plus tôt. J'ai laissé Tony dehors en lui demandant de vous intercepter si vous deviez venir.

- *Je me souviens* indiqua Victor

- *J'ai ensuite expliqué à Juliette que sa déposition allait immanquablement déclencher une réaction des voyous en cause – voyous extrêmement dangereux - et je lui ai donné le choix. Soit on y allait mais il fallait absolument la protéger, soit on ne faisait rien.*

C'est elle qui a choisi. Elle ne voulait pas céder. Elle a accepté – de mauvaise grâce je l'avoue – de ne pas vous prévenir. D'une certaine façon, votre combat pour la retrouver devait garantir sa sécurité.

- *J'étais le seul avec mon copain Brian à être au courant. Tony était en dehors du coup ainsi que toute mon équipe. J'ai d'ailleurs confié l'enquête officielle à Tony de façon à avoir les mains libres.*

- *En plus pour tout vous avouer, Tony n'est pas une flèche. C'est tout juste un bon numéro 2 mais il ne sera jamais numéro 1 et son inefficacité était aussi une bonne garantie pour Juliette.*

Victor buvait les paroles de son interlocuteur. Les pièces du puzzle commençaient petit à petit à se mettre en place.

- *Une fois la décision prise, j'ai appelé Brian pour obtenir son aide et notamment une nouvelle identité. Qu'il a pu créer en quelques heures. Ensuite j'ai aidé Juliette et Antoine à quitter la maison*

- *C'est vous qui avez éloigné le garde ?* demanda Victor

- *Pour passer incognito derrière la maison d'à côté* précisa Victor, *sans vous faire voir des employés*

Fred regarda Victor avec un respect certain en hochant la tête :

- *Tout à fait*

- *Mais pour aller où ? Car c'est une impasse par-là. Il fallait obligatoirement repasser devant le garde ?* demanda Victor que ce jeu de piste commençait à intéresser.

- *Nous sommes allés dans un bateau plus loin. Un bateau amarré sur l'intercostal qui dessert la résidence – mon propre cabin-cruiser en fait. J'ai ensuite emmené Juliette et Antoine jusqu'à un ponton que j'utilise au nord de Marco Island – une bonne heure de mer - et après un piquenique rapide dans le bateau, je les ai laissés là pour revenir en voiture sur Newell.*

- *Absolument. Vous avez fait du très bon travail avec Jack. Heureusement, j'ai pu assez facilement convaincre Tony que ce n'était pas une piste sérieuse. A cause de la Barbie pour fille.*

C'est d'ailleurs à ce moment précis que j'ai été largement conforté dans mon évaluation professionnelle le concernant.
Vous-même aviez cherché à comprendre par où avait-elle pu partir. Vous-même aviez poussé l'utilisation du seul indice donné par cet officier de Key West.
Pas lui.

Les deux hommes firent un break pour boire un peu d'eau et se dégourdir les jambes. Victor était tellement plein de joie et de bonheur qu'il oubliait déjà tout ressentiment envers ce policier qui l'avait pourtant abusé avec autant de constance.

- *Où est-elle maintenant ?*

- *Je vais y venir. Laissez-moi continuer.*

- C'est moi qui ait eu l'idée d'habiller Antoine en fille. Je suis assez content du coup de la Barbie à la main. Je dois d'ailleurs préciser qu'Antoine, cet enfant, a joué le jeu de façon étonnante. Juliette lui a présenté cela comme un défi et il a été parfait.

Juliette est ensuite allée chez une amie à moi qui habite Salem – une ancienne colocataire étudiante qui vit seule - Salem, une toute petite ville dans le sud-ouest du New Jersey très proche du Delaware. Officiellement l'éloignement temporaire d'un papa violent. C'est à vingt kilomètres seulement de Wilmington, Delaware.

Il n'était évidemment pas question qu'elle retourne à son domicile ni à son travail. Je suis allé moi-même récupérer ses affaires à New York – en tant qu'enquêteur – et donner congé à son propriétaire.
Pendant ce temps, Brian a consolidé sa « légende » en lui faisant des papiers qui font maintenant de Mme Miller une citoyenne à part entière. Elle a même ouvert un compte en banque.

- Qui lui a fourni de l'argent pour la fuite et sa nouvelle vie ? demanda Victor

- L'administration lui a donné un petit pécule qui lui permet de vivre quelques mois. Elle cherche actuellement du travail sur Wilmington.

- *Quand pourrais-je la voir ?*

- *Un peu de patience Victor, vous le saurez bientôt.*

Victor se leva à nouveau, ne tenant pas en place. Fred imperturbable continuait à dérouler son récit :

- *Officiellement depuis une semaine, Tony a clos le dossier en indiquant que l'ancienne Juliette et son fils avaient disparu dans des circonstances inconnues. Je pense que cela va interrompre définitivement toute recherche ultérieure de la part des truands qui dépendent du Père de Greg.*
D'autant que le seul parmi eux qui connaissait visuellement très bien Juliette est mort.

- *Qui ? Alexander ?* interrompit Victor.

- *Oui Alexander, un accident de voiture. Heureusement que mes collègues de New York avaient pris sa déposition très rapidement après ma demande.*

- *Juliette est-elle au courant ?* demanda Victor

- *Non et je ne suis pas certain de lui dire. Ce serait sans doute ajouter un stress inutile. Nous sommes convenus qu'elle ne doit en aucun cas recontacter son employeur et ses anciens collègues, le propriétaire de son logement, les employés d'Esmerald, la police de Newell et d'une façon générale tous les protagonistes de cette affaire. Y compris vos amis de Newell.*

Victor resta un moment à digérer toutes ses informations. Manifestement, le policier avait bien pensé à tout, bien manœuvré.

- *Si je suis là aujourd'hui c'est que je suis confiant pour la suite. Vous comprenez bien maintenant que je ne pouvais pas vous raconter tout cela au téléphone. Je savais que vous ne voudriez pas revenir en Floride. La seule solution était de venir ici en personne.*

- *Alors ? Quand pourrais-je les voir ?* redemanda Victor sans même le remercier.

- *Maintenant que vous savez que tout va bien, laissez-moi aborder le sujet du mort d'Esmerald et après, vous saurez*

Victor eut un geste de lassitude en se levant à nouveau. C'est vrai que la nouvelle essentielle lui avait été délivrée. Même si cette dernière attente l'agaçait un peu, il devait accéder à la demande de Fred sans se fâcher. Après tout, il avait fait l'effort de traverser l'Atlantique pour lui.

- *Vous êtes sûr que vous ne voulez pas autre chose que de l'eau ? Du thé peut-être ?*

- *Non merci Victor. Je n'ai pas d'ascendants anglais et je n'aime pas le thé. Mes arrières grands-parents paternels venaient de Prusse. Je préfère plutôt la bière. Mais plus tard car j'ai besoin de garder l'esprit clair.*

- *Bon, alors je vais plutôt mettre du champagne au frais car je n'ai pas de bière. Au moins il y aura des bulles.*

Se levant pour aller chercher une bouteille dans sa réserve, il ne vit pas bien ce qu'ils allaient pouvoir échanger de plus.

Qu'est-ce que le policier pouvait avoir à raconter sur le mort d'Esmerald ?

CHAPITRE 16

Jeudi 16h

La température aidant, Fred avait retroussé ses manches de chemise. Victor attaquait son troisième expresso qui serait probablement synonyme d'insomnie la nuit prochaine mais il n'en avait cure. Sa fille et son petit-fils étaient vivants ! Sur le même ton calme qu'il avait depuis le début, le policier repris le fil de ses explications

- *Comme je vous l'ai déjà dit, Tony n'est pas le top des enquêteurs. Ce qui fait qu'il n'a aucune piste ni aucune idée de qui a pu tuer le mort d'Esmerald. Il va sans doute conclure que le tueur va rester inconnu.*

Alors que moi le tueur, je le connais.

Victor qui grignotait un biscuit avec son café resta la main en l'air, littéralement statufié.

- *Vous le connaissez ?*

- *Oui. Alors que cet incapable de Tony cherche toujours. La seule hypothèse qu'il m'a soumise un jour était que c'était vous le tueur. A cause des empreintes – les seules trouvées – que vous aviez laissées partout dans la maison.*

- *Ridicule* se permit de dire Victor

- *Pas si ridicule en fait car sauf erreur de ma part Victor, vous étiez sur place ce soir-là.*

Victor prit l'information comme un coup de poing dans l'estomac. Pendant un court instant, son cerveau se mit en roue libre. Il se savait plus où poser son regard.

- *C'est quoi se délire ?* parvint-il à dire

- *Tony a bien évidemment analysé le GPS de votre voiture de location, votre téléphone aussi. Ni l'un ni l'autre n'avait bougé. Il a interrogé Ann qui lui a assuré avoir dormi avec vous. Mais il a oublié une chose.*

Avec un petit sourire non dissimulé, Fred faisait durer le plaisir :

- *Il n'a pas regardé la voiture d'Ann. Funeste oubli ! Grossière erreur !*
Car cette voiture était bien sur le parking de la grand-route à l'heure du crime vers minuit. N'est pas ?
Lâchez-vous Victor.
Je sais que vous nous avez menti sur ce point. Que vous n'avez pas tout dit.

Un avion en finale pour atterrir à La Rochelle passa bruyamment dans le ciel et offrit à Victor l'occasion de ne pas répondre immédiatement

- *C'est uniquement entre vous et moi aujourd'hui* continua le policier

Se frottant le front et les yeux, Victor reprit petit à petit son calme. Comment Fred pouvait-il savoir que la voiture était justement dans ce parking ? Cette fois, son cerveau tournait à fond. Il se leva et commença à tourner autour de la piscine en brassant dans sa tête toutes les informations. Sans GPS et sans témoignage d'Ann, il n'y avait pas trente-six solutions !

Il avait déjà remarqué le matin en sortant de la maison le sable du Sahara amené par un vent de sud la semaine précédente et déposé en fine couche un peu partout y compris au fond de la piscine. Il faudrait qu'il pense à l'enlever.

Mais là, à l'instant, son regard tourné vers le fond de l'eau ne voyait plus rien de précis. Son cerveau était en mode urgence absolue.

Et d'un seul coup, le rideau se déchira. La voiture des amoureux, le sparadrap sur le bras, le doudou oublié. Bien sûr, c'était ça. Le puzzle s'assemblait tranquillement maintenant. Victor revint sous le préau et s'assit en face du policier

- *Vous étiez donc dans la maison Fred* affirma Victor

Ce fut au policier de plisser les yeux et de perdre son sourire. Victor enchaina :

- *Si vous pouvez affirmer que la voiture d'Ann était garée sur le parking, c'est que vous l'y avez vue. C'est la seule solution. Ce véhicule électrique est l'un des tous premiers mis en*

circulation il y a quelques années. C'est une voiture d'entrée de gamme qui a très peu d'options et surtout pas de GPS.
C'était donc votre voiture qui était garée à l'autre bout du parking.
C'est vous l'ombre que j'ai vu passer.
C'est vous qui vous êtes battu avec le mort d'Esmerald.
C'est vous qui avez été légèrement blessé au bras par le coup de révolver dont personne n'a jamais parlé.
C'est vous qui étiez revenu pour chercher le doudou d'Antoine que j'ai finalement récupéré.
C'est vous qui avez tué le mort d'Esmerald.

Un silence minéral succéda à cette dernière accusation. Les deux hommes se regardèrent un instant les yeux dans les yeux. Fred fut le premier à briser le silence.

- *Ainsi donc vous avouez que vous étiez bien présent* dit le policier avec un léger sourire en coin.

- *Oui tout comme vous. Mais moi, je n'ai tué personne, et vous le savez très bien.* Répondit Victor. *A votre tour de vous lâcher Fred.*

Le policier secoua la tête en signe d'assentiment. Il regarda autour de lui sans vraiment rien fixer. Complètement concentré dans sa réflexion, il ne distinguait plus ni le ciel bleu, ni la piscine, ni cette tour étonnante dominant la maison et lui donnant un air de château fort, ni même son vis-à-vis.

Il hésita longtemps avant de parler d'une voix encore plus grave qu'à l'habitude.

- J'étais revenu chercher le doudou d'Antoine car Juliette m'avait appelé en panique. Le petit réclamait son doudou.
Et ce voyou m'a sauté dessus alors que je cherchais dans le noir cette fichue bestiole.
Il pensait sans doute me neutraliser sans faire de bruit à cause des employés tout proches.
Nous nous sommes accrochés et rapidement j'ai pu lui faire une clé au cou pour l'immobiliser, un geste que l'on apprend à l'académie de police.
Au moment où j'ai vu un reflet métallique au bout de son bras, j'ai violemment tourné sa tête. Crac !
Il est tombé, mort sur le coup. Avec tout de même le geste réflexe ultime d'appuyer sur la détente.
La balle m'a juste effleuré l'avant-bras avant de se perdre dans le plafond.

- Vous auriez dû appeler votre équipe, c'était de la légitime défense argumenta Victor

- Impossible répondit Fred. J'aurais dû expliquer pourquoi j'étais là. Personne ne savait à ce moment que Juliette était partie. Je n'avais aucune bonne raison d'être dans Esmerald. J'aurais dû alors dévoiler ce que j'avais fait pour elle. Et je la mettais immédiatement en danger.

C'était uniquement à Tony de prendre d'éventuelles dispositions pour Esmerald.

Comme un robot, le policier continua son récit :

- J'ai pris le révolver et je l'ai jeté le lendemain dans la mer.
Ensuite je suis sorti et c'est là que j'ai vu cette voiture garée dans le parking. Par réflexe professionnel, j'ai noté le numéro de plaque.
Ce n'est que le dimanche matin tôt que j'ai vu en consultant le fichier des véhicules que la propriétaire était votre petite amie. Trop tard. Mais cela m'a permis de savoir ensuite que vous aviez menti. Que vous n'aviez pas tout dit.

- S'il vous plait Fred, Ann est juste une amie pour l'instant, une très belle rencontre. N'allez pas raconter à Juliette que c'est ma petite amie comme vous dites. Je ne connais pas moi-même encore la suite qui sera donnée à cette aventure.

Fred hocha la tête en signe d'assentiment. Il se leva enfin. Il avait l'air plus léger, plus libéré.

- C'est pour tout cela que j'ai voulu cette rencontre aujourd'hui Victor. Pour que nous mettions tout à plat avant la suite.

- *Avant la suite, quelle suite ?* demanda Victor malgré tout encore un peu inquiet

- *Juliette et Antoine vont nous rejoindre maintenant, dès que j'aurais téléphoné. Actuellement ils se baladent dans l'ile et probablement que à cette heure, ils sont en train de prendre un gouter quelque part pour Antoine*

Victor resta sans voix. Sa fille était là. Elle était là en France ! Et il me dit cela comme ça. En passant ! Comme si c'était naturel, sans importance.

……

Jeudi 17h

Victor au fil de l'échange avec le policier avait compris avec un bonheur intense que Juliette et Antoine étaient en vie et qu'il les reverrait un jour, à Salem ou ailleurs. Et là, Fred lui disait qu'ils étaient à portée de ses bras, de ses yeux, de son amour. Il se rassit immédiatement.

- *Qu'est-ce qu'il faut mettre à plat ?* demanda Victor avec impatience

- *La sécurité de Juliette tient à sa disparition complète et définitive. Vous ne la verrez donc plus en tant que votre fille. Jamais. Il n'y a plus maintenant que Mme Miller et son fils.*

- *Je comprends* dit Victor

- *Mais posez-vous la question un instant continua Fred, pour quelle raison devriez-vous voir Mme Miller que vous n'avez jamais rencontrée auparavant et qui vit sur un autre continent ?*

- *Vu de cette façon, c'est vrai que ce n'est pas simple* marmonna Victor

- *Mais j'ai trouvé une solution* répliqua Fred. *Une solution élégante qui j'espère vous plaira.*

Victor regarda son interlocuteur avec encore plus d'attention. Fred reprit la parole

- *Mettons-nous donc d'accord sur ce qui s'est passé à Newell.*
Vous n'avez rien fait dans le studio d'Ann et n'êtes pour rien dans la mort d'Ashim
Vous n'êtes jamais sorti du lit d'Ann le samedi soir
Je ne suis jamais allé à Esmerald ce même samedi soir.
Tony va refermer les dossiers Juliette et Esmerald avec les dépositions actuelles et ces dossiers vont devenir des « cold case ».

- *D'accord ?* demanda Fred avec fermeté

- *Oui, dit comme cela je suis d'accord* répondit Victor

- *Bien certain de vous Victor ? Car nos deux silences réunis sont la garantie de la sécurité de votre famille.*

Y compris vis-à-vis de Juliette, j'insiste. Elle ne doit jamais savoir autre chose que ce qu'il y a dans les dossiers de Tony. Pour ce qui est de la mort de Sue, je lui ai déjà raconté toute mon enquête – celle que vous n'avez pas voulu entendre en entier – et elle est super heureuse que la justice soit maintenant en action.
Mais pour le reste, rien ne doit jamais sortir.

- *Complètement d'accord Fred, je ne dirai rien à personne* confirma Victor en tendant la main au policier.

Après une vigoureuse poignée de main, Fred appela Juliette pour lui dire de venir, en Français, ce qui ne manqua pas d'étonner Victor.

- *Vous vous remettez au français maintenant ?* demanda Victor toujours en anglais

- *Bien obligé* répondit Fred sans autre précision.

Pendant que Victor débarrassait la table du préau, le policier retourna mettre son dossier dans sa voiture.

Le silence s'établit ensuite, les deux hommes attendant l'arrivée de Juliette et Antoine sans éprouver le besoin de revenir sur leurs différents échanges. Ils n'eurent pas à attendre longtemps.

Lorsque Juliette revint avec son fils, ce fut un festival d'embrassades, de larmes de joie. Un bonheur intense. Un moment unique.

Juliette retrouva immédiatement ses gestes habituels dans la maison de famille pour aller chercher à boire pour son fils qui mourrait de soif.

Fred resté en retrait attendit sagement que la famille ait terminé ses premières effusions.

- *Passons à la suite Victor si vous le voulez bien* indiqua-t-il

Ce dernier se tourna vers le policier. La suite ? Quelle suite ? Pour lui, cette « happy end » lui suffisait largement et l'euphorie des retrouvailles lui avait fait oublier cette problématique de « Mme Miller qu'il ne connaissait pas »

- *Victor, puis je vous demander la main de votre fille ?* demanda Fred en français et un genou à terre

Victor regarda sa fille qui était rayonnante de bonheur

- *Fred a été absolument formidable* dit-elle *et sans notre coup de foudre immédiat du samedi matin, je ne me serais jamais lancée dans cette aventure.*

- *Accordé !* répondit Victor en français qui en cet instant ne savait plus vraiment où il en était.

Nouvelle séances d'embrassades pendant que Antoine s'était assis dans les marches de la piscine, tâtant l'eau du bout du pied avec envie.

Fred voulut conclure :

- *Grace à mes très bons résultats à Newell, je vais prendre dès le mois prochain la direction de la police de Wilmington et Juliette va sans doute y trouver facilement du travail.*
Wilmington capitale du Delaware ajouta-t-il fièrement.

- *Et personne ne trouvera à redire que vous rendiez visite à M et Mme Carson aussi souvent que vous le voulez car nous sommes devenus de grands amis vous et moi suite aux dramatiques disparitions qui nous ont tant affectés l'un et l'autre.*

Victor serra Fred dans ses bras comme s'il scellait définitivement le contrat qu'ils venaient de conclure.

Il laissa un instant les futurs mariés en pleine

discussion pour aller s'assoir sur les marches avec son petit-fils.

- *Tu vas bien mon petit Loulou ?*

Antoine se tourna vers lui avec un large sourire de bonheur qui n'appelait pas de réponse supplémentaire.

Juliette vint les rejoindre après un moment :

- *Dit donc, elle n'est pas un peu sale ta piscine ?*

FIN

PARIS – BEAUMETTES - LA COUARDE – MOUNTAIN VIEW

Merci à mon épouse et à mes filles pour leur relecture attentive et bienveillante

Toute ressemblance avec quelqu'un existant ou ayant existé ne serait que pure coïncidence

Victor a vécu une terrible année et la disparition inexpliquée de sa fille et de son petit-fils va le cueillir méchamment.

Il ne verra rien de cette Floride du sud pourtant si belle et si accueillante en apparence, rien que des ambulances et des policiers, voire des terroristes.

Son bras de fer avec la police continuera jusqu'à son retour en France où le voile se déchirera peut-être.

Mais qui est donc venu mourir pour Esmerald ?

© 2023 Fabien Malbec
Édition : BoD – Books on Demand, info@bod.fr
Impression : BoD – Books on Demand, In de Tarpen 42, Norderstedt (Allemagne)
Impression à la demande
ISBN : 978-2-3221-3734-3
Dépôt légal : janvier 2023